Darius Gore

Pour Elodie, mon ange imparfait.

Une légion de mercis pour Manon S. et Marion B.
qui ont cru en Darius.

Slalom, un département d'Édi8
92 avenue de France, 75013 Paris
www.slalom-editions.fr
Correction : Krysia Roginski
Couverture : Germain Barthélémy
Loi n° 49-956 du 16 juillet 1949 sur les publications destinées à la jeunesse, modifiée par la loi n° 2011-525 du 17 mai 2011.
ISBN : 978-2-37554-316-0
Achevé d'imprimer en France en novembre 2021 par N.R.I. s.a.s. (2105491)
Dépôt légal : février 2022

Charles Mazarguil

Darius Gore

Slalom

1

Le fracas d'une amphore qui se brise réveilla Darius en sursaut. Les grognements de son père derrière la porte de la chambre se mêlaient aux cris étouffés du Centre de Traitement des Âmes 456[1] qui lui parvenaient par la fenêtre ouverte. L'esprit encore tout imprégné de son rêve, le démon prit le temps d'émerger. Il oscillait la tête en bas, telle une chauve-souris accrochée au plafond, tout en essayant d'occulter la charmante ambiance sonore. Pourquoi faisait-il sans cesse cet étrange songe ? Celui de la femme inconnue qui lui souriait. Une jolie brune assise au bord d'un lit. Et pour quelle raison la vision de cette anodine petite mortelle l'oppressait-elle tellement ? Dans la pièce à côté, une nouvelle amphore de verre éclata et il abandonna ses réflexions. Ses pieds crochus relâchèrent la

1. Extrêmement nombreux en enfer, les C.T.A. (ou Centres de Traitement des Âmes) sont des lieux où les âmes damnées souffrent pour l'éternité. Les démons qui y travaillent, souvent des sergents infernaux – parfois des démons plus illustres mais déshonorés – leur infligent une multitude de sévices et de tortures psychologiques. La douleur créée est en réalité de l'énergie à l'état brut qui alimente le pouvoir du Mal et la magie infernale.

barre d'acier et il fit basculer son corps d'un mouvement souple pour se retrouver accroupi sur le sol de marbre.

Machinalement, il s'approcha de la fenêtre et observa un instant le ballet aérien des armadragons à la poursuite de petites proies à dévorer : leurs grandes ailes membraneuses claquaient dans le ciel rouge. Gracieux et rapides malgré leur taille titanesque, ils frôlaient les tours infinies et plongeaient, les membres repliés, sous les arches de pierre noire. Un jour, ils seraient les fers de lance des armées de Lucifer et pourraient réduire en cendres les villes des hommes et les cités célestes mais, pour le moment, ils animaient les cieux infernaux et... dévoraient les corbeaux.

Une vocifération plus terrible que les autres poussa Darius à saisir son sac et à s'enrouler dans son lourd manteau noir : il était temps de vider les lieux avant que ça ne s'envenime vraiment. Non seulement les liens familiaux aux Enfers étaient loin d'être basés sur l'affection – après tout, l'amour, c'était plutôt LE truc qui faisait fureur là-haut, dans les cieux, et dans une moindre mesure sur Terre – mais les relations avec son père étaient devenues, depuis quelque temps, franchement hostiles. Et l'excès de boisson n'en était pas l'unique raison, pensa Darius en se recoiffant rapidement devant son miroir de mercure. Ce bel objet, ramené de l'antique Manoir Gore depuis le cercle de l'Orgueil, était serti de milliers de minuscules saphirs et avait la capacité de vous montrer le passé, le présent et le futur le plus probable. Darius se reconnut en nourrisson pâle aux cornes recourbées, nu comme un ver, jouant avec des serpents près d'un grand feu. Il s'observa en adolescent de 195 ans, très grand, très mince avec un beau visage sous de lourdes boucles brunes. On aurait pu aisément le prendre pour un fils d'Adam à condition de cacher ces petites cornes noires, ces yeux d'ambre brillants et ces pieds griffus... L'image s'effaça alors pour laisser la place à Demain : défigurée par un rictus de cruauté, sa beauté avait laissé place à la puissance. Au loin un gratte-ciel s'écroulait dans un monde en flammes. Il portait une cotte de mailles noire et brandissait un glaive ensanglanté. Darius ne se reconnaissait jamais dans cette dernière vision, il s'en détourna en frissonnant. C'était le moment. L'oreille collée sur la porte, il n'entendait plus rien. Peut-être le Comte s'était-il finalement endormi. Prenant son courage à deux mains, il sortit rapidement de sa chambre pour se retrouver nez à nez avec son paternel qui l'attendait en silence.

— Et mer... souffla-t-il, dépité.

— Comment ?! Tu n'es pas transporté de joie à la vue de ton père ?! grogna ce dernier en lui saisissant l'épaule d'une main puissante, gonflée de veines.

Reconnaissant la lueur mauvaise qui brillait dans les yeux jaunes de son géniteur, le jeune démon se dégagea prestement et se dirigea vers la sortie, faisant mine de ne pas remarquer le quartier de viande posé à même la grande table de granit.

— Tu ne te restaures pas, Darius ?

Le ton était calme mais il le connaissait assez pour déceler la menace entre les mots les plus anodins.

— Non merci, je n'ai pas faim et il faut que j'arrive plus tôt au lycée...

Depuis quelque temps, la seule idée de consommer de la chair lui donnait la nausée.
— Non merci qui ? gronda le vieux démon.

Son corps était trop maigre et on voyait ses muscles noueux rouler sous sa peau rouge. Ses canines étincelaient dans un sourire crispé. Les éclats cristallins des deux amphores brisées étincelaient au fond de la pièce et l'odeur de fairysky[2] était presque insupportable.
— Non merci, Monsieur le Comte ! s'empressa de répondre Darius en claquant la porte de l'appartement derrière lui.

Il descendit les marches quatre à quatre sans faire attention aux formes étranges qui grouillaient dans la pénombre de la cage d'escaliers. Dans la rue, ses mains ne tremblaient déjà plus et il inspira profondément le soufre qui saturait l'air de la capitale.

---

2. Boisson bon marché fabriquée aux Enfers à partir de cheveux de fées. Outre sa très haute teneur en alcool, la fairysky a aussi des propriétés hallucinatoires.

2

Pandémonium ! Ville tentaculaire aussi étendue qu'un continent de la Terre, son impossible architecture sculptait le sous-sol à des profondeurs abyssales et se perdait dans la brume rougeoyante de la haute atmosphère. Elle était bordée, au Sud, par une mer de lave et, dans les autres directions, trop loin pour pouvoir les discerner, se dressaient les monts de la Trahison, la première des huit chaînes de montagne séparant les neuf cercles infernaux. Pandémonium était le neuvième cercle, le centre de ce monde, elle abritait les démons les plus puissants ainsi que le palais royal. Et s'il était facile de se perdre dans l'éternel clair-obscur de ses rues marmoréennes, Darius était chez lui et se déplaçait avec aisance, rapidité et surtout discrétion.

En effet, lorsqu'on était encore un jeune démon, mieux valait éviter de se faire remarquer dans une ville où la totalité des habitants caressait de mauvaises intentions et où la seule loi était celle du plus fort. En général, circuler seul n'était pas une bonne idée à Pandémonium, même pour les princes de classes supérieures qui ne sortaient que sous bonne escorte. Darius, lui, aimait cette sensation de danger qui faisait battre ses cœurs plus vite. De plus, il avait tellement perfectionné son art de la furtivité que, lorsqu'il le voulait, il n'était plus qu'une ombre parmi les ombres. Il dépassa ainsi sans se faire remarquer quelques sergents infernaux menant à coups de fouet ardent un troupeau d'âmes égarées vers un C.T.A., un groupe de lycéens qui couraient en rangs serrés, et il se faufila même sous le nez d'un Gladiateur. Ce dernier curait ses incisives d'acier avec une dague tout en scrutant la rue d'un air mauvais. Il voulait en découdre et se cherchait un adversaire. N'importe qui ferait l'affaire et que le malheureux élu veuille se battre ou non n'avait aucune espèce d'importance. Ce genre de créature belliqueuse, très utile en temps de guerre, était l'une des nombreuses raisons pour lesquelles il valait mieux faire profil bas à Pandémonium.

Après avoir traversé le pont Scolopendre III au-dessus du Fleuve de Feu, le jeune démon arriva devant les immenses bûchers de la Place de la Discorde. Comme d'habitude, il avait dû y avoir du grabuge car des corps inanimés étaient encore étendus près des brasiers. Darius préféra ne pas s'approcher et accéléra le pas pour retourner dans la pénombre de la rue des Hypocrites. Là, au cœur d'un petit square regorgeant de plantes vénéneuses, les escaliers qui descendaient vers Notre-Dame de la Tentation étaient cachés sous deux immenses saules pleureurs. Étrangement, le square était presque vide et les abords du lycée, d'habitude bruyants, résonnaient des seuls pas de Darius. Quelques élèves qu'il connaissait de vue disparurent précipitamment sous les arbres comme si quelque chose de grave était en train de se produire. Redoublant de prudence, le jeune démon écarta le rideau de branches et, à son tour, entama la descente, tous les sens en éveil. À environ une dizaine de mètres de profondeur, une vague clameur se fit entendre. Il comprit instantanément ce qu'il en était et soupira de soulagement. Il avait oublié qu'aujourd'hui était un grand jour pour Golgotas. Il accéléra pour rejoindre le gymnase et l'épicentre du vacarme.

3

À son arrivée, le parquet était déjà maculé de sang et les vociférations bestiales qui se répercutaient sur les gradins couvraient presque totalement les coups de tonnerre de l'énorme cloche de fonte annonçant le début des cours. D'habitude, il était formellement interdit de tuer un autre élève dans l'enceinte du lycée. Lutter pour sa survie n'aidait pas à se concentrer sur les apprentissages ! Tout manquement à cette règle était puni par des siècles de tortures dans les sous-sols royaux... mais des dérogations étaient parfois accordées à titre exceptionnel, comme dans le cas du combat singulier d'aujourd'hui. Et lorsque les deux plus grosses brutes du lycée s'affrontaient, c'était toujours un grand moment dans la vie de l'établissement scolaire. Les paris allaient bon train. D'ailleurs, il faisait un peu frais aujourd'hui, seulement 70°C, mais l'ambiance était carrément torride sur le terrain devenu poisseux. Une masse d'élèves surexcités, et de professeurs qui ne l'étaient pas moins, formait un cercle autour des lutteurs et encourageait leur champion en hurlant comme les damnés.... qu'ils étaient. Le combat était sauvage. Astaroth, un beau bébé de 230 kg tout en muscles et en membranes vascularisées, s'était placé dans le dos de Golgotas et lui empoignait fermement les cornes. Il les tirait si violemment en arrière qu'elles allaient forcément finir par céder. Elles ou la nuque épaisse du cousin de Darius. Les pronostics étaient plutôt partagés à ce sujet, contrairement à l'issue du combat qui donnait Astaroth vainqueur à l'unanimité. Darius, lui, connaissait assez « Le Gol » pour savoir que l'autre n'avait aucune chance...

Des hurlements stridents accompagnèrent soudain le prévisible retournement de situation. Golgotas, par une habile feinte puis une violente poussée, venait de déséquilibrer Astaroth, maintenant à plat ventre sur le sol. Il servait littéralement de paillasson à son adversaire qui s'amusait comme un fou dans le bruit enthousiasmant des vertèbres pulvérisées. C'était le moment que tout le monde attendait : Le Gol leva son énorme bras vers le plafond. Pris de tressaillements nerveux, la paume de sa main s'ouvrit alors pour laisser sortir un os noir, long et humide, en forme de poignard. Il l'abattit de toutes ses forces sur Astaroth dont la tête roula jusqu'aux chaussures vernies de Monsieur Mongris. Dans un silence de mort, le proviseur et professeur principal de Darius repoussa l'odieuse relique du bout du pied d'un air blasé et cracha au sol avant de reprendre le chemin de sa classe. La fête était finie, les cours attendaient et les élèves se dispersèrent, encore tout électrisés par le spectacle, sans un regard pour la dépouille déjà noircissante du vaincu. Darius, quant à lui, fit mine de ne pas voir le clin d'œil que lui lançait Golgotas, roulant des mécaniques au bras d'une petite démone d'un cercle inférieur. S'il était heureux de la victoire de son cousin, ce futur démon de classe 1, fierté de toute la famille, auquel son père le comparait toujours, commençait à sérieusement l'agacer...

Mais ce n'était pas seulement Golgotas qui lui tapait sur les nerfs. La vie dans son ensemble prenait depuis peu des airs de vaste blague. De mauvais goût qui plus est. Déjà, comment ce père si fier avait-il pu se transformer en espèce de loque accro au fairysky ? Un sale ivrogne qui battait son fils ? Et le lycée ! Toujours les mêmes cours sur la corruption des hommes et la torture des âmes éternelles. Toujours les mêmes rengaines sur la fin du monde et la victoire finale du mal contre le bien. Toujours les mêmes harcèlements au réfectoire et les mêmes bastons dans le gymnase. Toujours cette horreur quotidienne et cette méchanceté banale. Diable que cette vie était lassante... Darius en était à ces réflexions quand il se fit rattraper par ses deux « meilleurs amis » Oxiblas et Zényrophon, deux démons frappeurs[3] au visage d'un noir de jais arborant les blousons de l'équipe de headball du lycée, les Rats Crevés. Leurs larges oreilles destinées à capter les plaintes des mortels frémissaient d'excitation.

— Tu ne sembles pas très pressé de retourner en classe, mon cher Darius, ricana Oxiblas en prenant son air sournois habituel.

— Laisse-le tranquille, débile ! répondit Zényrophon. Ce n'est pas facile d'avoir un cousin aussi extraordinaire lorsqu'on est soi-même aussi insignifiant !

---

3. Le démon frappeur, comme l'esprit frappeur, sont des entités ayant pour but de persécuter les humains. C'est pour cela qu'ils peuvent entendre les appels des vivants, pour mieux les tromper.

— Je ne suis pas d'humeur, les gars, grogna Darius. Allez donc persécuter quelqu'un d'autre !

— T'as vu ?! Il est triste, je te l'avais bien dit ! C'est à cause de Lilith, elle ne l'aime pas ! Bouhou, c'est trop horrible ! reprit Zényrophon en éclatant de rire.

— Mais non, c'est pas ça, bouffon ! continua Oxiblas. Le problème c'est que papounet a tellement honte de son fils qu'il passe son temps la tête dans une amphore ! Il le déteste mais il n'a pas le courage de s'en débarrasser...

— Oui c'est ça, ajouta l'autre, papounet est un lâche et son fils aussi. Si Darius était courageux et un petit peu moins égoïste, il rendrait service à tout le monde en se jetant dans la mer de lave...

Darius serra discrètement les poings. Il n'arrivait pas à croire qu'il avait pu un jour se confier à ces deux abrutis ! Mais parfois, même un démon de l'Enfer avait besoin de parler.

— Je suis désolé, les gars, mais vous manquez d'entraînement.

— Sérieux ? demandèrent les deux autres. Tu n'as pas eu la moindre petite envie d'en finir ? Pourtant, nous t'avons donné plein de bonnes raisons !

— Franchement, non. Et pour être honnête, j'ai même failli bâiller à un moment, conclut Darius en enfonçant le clou.

— Haha, s'esclaffa Zényrophon, t'es vraiment un rigolo toi ! J'espère que tu seras aussi en forme pour l'entraînement de ce soir. Le Gol compte sur toi !

Darius ne daigna pas répondre et, les laissant en plan, prit à droite l'étroit couloir de basalte qui descendait vers sa salle de classe.

4

Monsieur Mongris, toujours crispé par la défaite d'Astaroth qui lui avait fait perdre un paquet de dollars démoniaques, était figé derrière son pupitre, plus raide que d'habitude sous son brushing inamovible. D'un de ses longs doigts manucurés, il fit signe à Darius de s'asseoir, puis à Oxiblas et Zényrophon qui arrivaient en courant, de fermer la porte derrière eux. Non content d'être le proviseur de Notre-Dame de la Tentation et le professeur principal de Darius depuis plus de trente ans, cet étrange personnage aux allures de dandy désabusé officiait aussi en tant que maître d'Histoire. Cela faisait d'ailleurs maintenant un quart de siècle que le sujet du cours n'avait pas changé et traitait de la chute de Lucifer. 25 ans d'énumération fastidieuse des 133 millions de participants[4] à cette révolte contre Dieu ! Si Golgotas profitait de son statut de champion pour ronfler ouvertement sur sa tablette dernier cri, Lilith, en revanche, quelques rangs devant Darius, prenait des notes rapides, à l'ancienne, de sa grande plume de cygne noir.

---

4. En 1460, Alphonso de Spina, évêque catholique espagnol, compte 133 306 668 démons expulsés du Paradis avec Lucifer… Comment a-t-il fait ? Mystère…

Belle comme un cœur encore sanguinolent dans la main d'un psychopathe, d'une famille aussi noble et prestigieuse que le Prince des Ténèbres lui-même, elle méprisait la technologie qu'elle considérait comme un « piège à mortels ». Peut-être sentit-elle le regard de Darius sur sa nuque car elle se retourna brusquement pour le fusiller de ses grands yeux verts. Il entendit presque ses trois cœurs se briser quand elle le gratifia alors d'une grimace de mépris avant de retourner à la liste de ses anges déchus. Pour quelle raison le détestait-elle, Lucifer seul le savait, mais cela augurait un avenir bien compliqué... Soudain, la porte s'ouvrit dans un long grincement strident qui réveilla l'ensemble de la classe. Tous les regards se braquèrent sur le couloir plongé dans l'obscurité d'où s'élevait un grognement sourd. Monsieur Mongris, toujours aussi flegmatique, fit un bref signe de tête et, lentement, en traînant ses jambes décharnées, un individu s'avança alors dans la lumière. Son teint verdâtre, ses plaques éparses de cheveux et son odeur de vieille tombe ne laissaient aucun doute sur sa nature : c'était bien un zombie tout ce qu'il y avait de plus classique. Toutefois, de grosses lunettes qui, pour pallier l'absence de nez, avaient été clouées entre ses deux yeux, lui donnaient un petit air intellectuel assez original. Monsieur Mongris, théâtral, se leva alors dans un mouvement de cape et se tourna vers le reste de la classe.

— Je vous présente... Zorg, commença-t-il sans enthousiasme. Ce nouvel élève nous arrive directement du lointain premier cercle. Darius, je te conseille de porter une blouse car c'est le genre de voisinage qui peut tacher...

Le proviseur n'était pas le roi de la blague, loin de là, mais lorsqu'il se fendait d'un bon mot, son air sérieux faisait toujours mouche. Ce fut donc dans l'hilarité générale que le zombie boitilla vers la chaise vide près de Darius. Ce dernier fulminait en son for intérieur. Le lycée était déjà assez compliqué sans y ajouter un steak avarié comme voisin de table ! Et puis c'était quoi cette histoire de premier cercle ? Il n'y avait jamais eu de lycée dans les limbes ! Le jeune démon allait demander des explications lorsque Lilith le devança :

— Mais professeur Mongris, souligna-t-elle avec son petit air supérieur habituel, les zombies ne vont pas en cours ! Ce sont des créatures complètement stupides !

Le tact de cette fille était en passe de devenir légendaire. Darius jeta un coup d'œil au zombie qui restait imperturbable à grogner et à baver doucement.

— C'est vrai pour la plupart des zombies, mademoiselle. Des corps qui refusent le repos éternel même après avoir reçu le baiser de la mort et dont l'esprit est tout à fait perdu... Toutefois, et c'est extrêmement rare, il arrive que certains développent de petites capacités intellectuelles... Zorg ici présent est un miracle à lui tout seul. On m'a laissé entendre que c'était un vrai petit génie !

Au vu de son œil hagard et de la flaque de salive qui se formait lentement sur la table, Darius avait quand même un sérieux doute sur le sujet...

5

Quelques heures plus tard, Darius ne pouvait qu'admettre son erreur. Sous des airs de chili con carne périmé et malgré une lenteur d'élocution insupportable, le zombie était un véritable érudit. Toujours prêt à donner la bonne réponse, avec modestie, possédant une mémoire hallucinante, quasi instantanée, et une profonde réflexion sur la plupart des sujets. Darius, oubliant son dégoût initial, commençait presque à l'apprécier ! Toutefois, en Enfer plus que partout ailleurs, prudence était mère de sûreté et le jeune démon préférait interroger Azazûl sur le nouveau venu avant de tenter une approche amicale. À Notre-Dame de la Tentation, un élève sympathique au premier abord pouvait vite se révéler être un dangereux prédateur qui chercherait à vous dévorer le cerveau à la première occasion...

Dès la fin des cours, Darius s'éclipsa donc rapidement et se dirigea derrière l'arène de headball, vers les gouffres aux dragons. Golgotas allait sans doute lui faire payer son retard à l'entraînement, mais qu'importe. De toute manière, pas question de traîner ; l'odeur qui émanait des fosses était si insupportable qu'elle lui brûlait déjà les yeux. On racontait que des vers gigantesques y pourrissaient depuis des millénaires mais qu'ils en sortiraient un jour pour dévorer le Monde. Le spot parfait pour construire un lycée, quoi ! Et pour Azazûl, l'endroit idéal pour éloigner de ses affaires la plupart des curieux... Voleur, menteur, roublard, de toutes les combines, ce diablotin de trente centimètres ne payait pas de mine mais était le mieux placé si vous vouliez vous procurer des informations ou... autre chose. Abrité sous un arbre mort, il était d'ailleurs en train de refourguer de l'algue du Styx soi-disant pure à un duo de naïfs en quête de sensations fortes. Darius attendit la fin de la transaction pour aller s'asseoir sur un énorme bloc d'améthyste près de lui.

— Salut Azazûl ! Les affaires vont bien à ce que je vois...

— Qu'est-ce que tu veux, Darius ? coupa le nabot d'un ton sec. J'ai pas vraiment le temps de taper la discute avec tous les paumés de l'Enfer. Et j'espère que t'as de quoi payer, j'ai rien du bon samaritain.

C'était typique du farfadet. Il ne fallait pas le prendre pour soi, il était odieux avec tout le monde.

— Eh oui mon cher Azazûl, tu lis en moi comme dans un livre ouvert. Je ne viens pas pour profiter de ton amitié virile et de tes éclats de rire cristallins. Non, je viens pour en savoir plus sur le zombie, tu sais, le nouveau ?

— Zorg ? Le gars des limbes ?

— Exactement ! Ce zombie-là ! T'as des infos ?

— Malheureusement pas grand-chose, grogna Azazûl. Juste assez pour te prendre 10 dollars démoniaques, 8,44 euros infernaux ou 7,82 livres sataniques (taux de change du jour).

Darius lui jeta l'argent dans la main en guise de réponse.

— Alors voilà, commença le diablotin en escamotant les pièces sous son aile, ce type est une énigme. Mort-vivant sans histoire du premier cercle, des rumeurs circulent toutefois à son sujet. Comme quoi ça serait le genre à dévorer des bouquins plutôt que le bibliothécaire, si tu vois ce que je veux dire. Mais bon, personne n'y fait vraiment attention. Faut dire que personne ne fait vraiment attention à rien dans les limbes. Jusqu'au jour où le gars débarque dans le cercle de la Luxure ! Je te raconte pas le tableau quand il se retrouve devant le puissant Minos[5] en pleine orgie au beau milieu du Palais des plaisirs ! Il avait traversé les limbes tout seul ! C'est du jamais vu ! Là, l'ancien roi le jauge et, coup de théâtre, le zombie végan est en fait un génie avec un QI stratosphérique. Il est aussitôt rapatrié dans un cercle plus évolué de l'Enfer où il a enfin droit à une éducation de qualité et un logement sur le campus. Voilà, c'est tout, conclut Azazûl en crachant par terre, tu peux dégager maintenant !

Darius quitta l'insupportable nabot, trop perdu dans ses pensées pour renvoyer une dernière vanne bien sentie. Un zombie qui refusait de manger de la chair humaine ! Voilà qui était intéressant et qui changeait un peu de tous ces types assoiffés de sang. En remontant vers la gigantesque arène et les cris gutturaux des Rats Crevés, Darius décida d'aller lui parler dès le lendemain. Le cours de Destruction de la Terre avec la Vieille Folle était d'ailleurs le moment idéal pour discuter tranquillement.

---

5. Minos, antique roi de Crète connu pour sa sévérité et son sens de la justice. Juge les âmes à l'entrée des Enfers et les envoie dans le cercle qui convient en fonction de leurs péchés.

6

Les crampons bien enfoncés dans les braises rougeoyantes qui recouvraient le terrain, l'équipe des Rats Crevés, séparée en deux groupes, enchaînait les mêlées en bramant comme des cerfs en rut. Cornes contre cornes, épaules cuirassées contre épaules cuirassées, il fallait pousser fort pour faire reculer le bloc adverse et gagner du terrain. Assez pour franchir une des soixante-six lignes de feu qui traversaient tous les six mètres la largeur de l'arène. Mais malgré les beuglements de Golgotas qui insultait copieusement ses coéquipiers en tournant autour de la masse informe de bras, de jambes et de queues fourchues, celle-ci demeurait douloureusement immobile.

— OXIBLAS ! TU VAS ME BOUGER CES FESSES FLASQUES ! TU DÉSÉQUILIBRES COMPLÈTEMENT LES EFFORTS DES AUTRES ! ET TOI SOKROZIL, T'ATTENDS QUOI POUR NOUS PROUVER QUE T'ES PAS UNE DE CES COUILLES MOLLES DE CHÉRUBIN ?!

Sokrozil, la tête bien calée dans les braises sous l'énorme pied de Zényrophon, émit un son étouffé mais pas plus...

— MAIS QUI M'A DONNÉ DES LOQUES PAREILLES ?! ON VA SE FAIRE CRUCIFIER CONTRE LES PONCE PILATE !

ILS N'AURONT PAS PEUR DE SE SALIR LES MAINS ET D'ENFONCER LE CLOU !

Ce fut sur ces belles paroles et dans cette ambiance fraternelle que Darius s'approcha sans bruit derrière son cousin et toussota.

— Ah t'es là, toi ?! grogna Le Gol sans se retourner. Merci de nous faire la grâce de ta présence, c'est vraiment trop d'honneur...

— Désolé... je devais... euh...

— Laisse tomber, je m'en fous royalement. On a une équipe de déchets et c'est pas comme si je m'attendais à ce que tu relèves le niveau.

— Wow... bon coaching, vraiment... ça donne envie de tout donner...

Sans relever l'ironie, Golgotas s'avança vers la mêlée toujours au point mort :

— Bon, ça suffit, on arrête le massacre ! On va faire comme si le groupe des Bleus avait un peu de fierté et avait traversé la ligne. Bravo, c'est à vous de frapper ! Darius, tu prends le bâton !

Les Rats Crevés, trempés de sueur, se relevèrent en soupirant de soulagement.

Au headball en effet, lorsqu'une équipe prenait le dessus dans la mêlée où tous les coups étaient permis, son lanceur et son claqueur entraient en jeu. Ce dernier devait frapper de toutes ses forces dans une tête coupée, « la trogne », pour l'envoyer le plus loin possible. L'équipe qui avait reculé, elle, se dispersait partout sur le terrain et devait récupérer la trogne avant qu'elle ne touche le sol. Si elle n'y parvenait pas, elle reculait d'une ligne supplémentaire – le but du headball étant de traverser le champ de braises jusqu'au camp de l'adversaire. Darius était claqueur depuis quelques années maintenant et il était plutôt bon.

— Allez, les Rouges, tout de suite en position ! Vous me couvrez le max de cette arène ! ordonna l'implacable Golgotas. Les Bleus, sur le côté. Arachnos, tu es lanceur !

Le choix était logique. Ses bras fins et puissants projetaient la trogne avec assez d'explosivité pour créer un impact redoutable. Cette dernière roulait des yeux terrorisés entre les longs doigts pâles d'Arachnos et geignait lamentablement :

— Laissez-moi ! Laissez-moi ! suppliait-elle d'une voix misérable. Je regrette ! Je regrette tellement !

Arachnos ricana et, d'un geste rapide, expédia la tête coupée qui siffla littéralement dans l'air brûlant jusqu'à la batte d'acier de Darius. Le choc fut, à la surprise générale, un peu mollasson, et Oxyblas la rattrapa aisément au vol une dizaine de mètres plus loin. Cette dernière saignait abondamment du nez et sanglotait « piiiitiiié... piiitiéééé ! » malgré sa mâchoire fracturée.

— C'EST PAS VRAI ! gronda Golgotas. Mais qu'est-ce que vous avez tous aujourd'hui ? Le lancer d'Arachnos était parfait ! Pourquoi t'as retenu ta frappe ?!

Retenir sa frappe ?! Qu'est-ce qu'il racontait ? Darius était un claqueur et il adorait le headball. Jamais il n'avait retenu son coup. Cependant, il devait bien avouer que les geignements de la trogne le dérangeaient étrangement aujourd'hui. Il n'était pourtant pas censé ressentir de la compassion. Surtout pas pour la tête coupée d'un individu ayant sacrifié sa famille sur l'autel des paris sportifs. Quoique, après tout, c'était peut-être ça cette petite gêne au fond du ventre...

— Allez on recommence Darius, commanda Le Gol.

Il s'apprêtait à balancer la trogne à Arachnos quand Darius hésita.

— Tu sais quoi ? Je crois que je vais m'arrêter pour aujourd'hui... Je me sens pas super en forme...

— T'ARRÊTER ! explosa son cousin. MAIS T'AS MÊME PAS COMMENCÉ ?! TU ME FAIS HONTE ! VAS-Y, T'AS RAISON, CASSE-TOI !

Sous les rires et les injures des Rats Crevés, Darius quitta alors le terrain. Troublé par les nouveaux sentiments qui l'assaillaient, il ne réalisa pas que Golgotas avait l'air au moins aussi inquiet que lui. Entre ses mains puissantes, la trogne continuait de gémir.

7

Tout à son introspection, Darius emprunta la galerie principale qui traversait Notre-Dame de la Tentation, remonta les escaliers glissants de mousse brune qui conduisaient vers la surface et sortit rue des Hypocrites sans faire attention au profond silence qui l'entourait. Place de la Discorde, ce fut la chute brutale de la température qui lui fit prendre conscience que quelque chose ne tournait pas rond. Autour de lui, tout était inhabituellement sombre et il réalisa alors que les brasiers qui brûlaient en permanence sur la Place n'étaient plus que des tas fumants. De plus en plus nerveux, il parvint même à entendre ses propres battements de cœurs dans le calme ouaté de l'atmosphère. Soudain, des bruits de pas le firent se retourner brusquement et Darius croisa alors le regard inquiet d'un élève de dernière année qui s'approchait de lui. Sans un mot, ils scrutèrent ensemble l'espace autour d'eux et constatèrent avec appréhension qu'ils étaient désespérément seuls.

— Qu'est-ce que tu en p..., commença à chuchoter Darius qui ne put finir sa question.

L'autre avait en effet décidé qu'il valait mieux ne pas traîner dans les parages et détalait déjà vers le Fleuve de Feu et le pont qui le traversait. Le jeune démon hésita un instant à le suivre mais préféra finalement se précipiter dans la pénombre épaisse d'une porte cochère plus proche et se faire aussi discret que possible. À peine s'était-il accroupi dans l'obscurité que le temps sembla marquer une pause. Les flammes des quelques torches qui restaient s'arrêtèrent elles-mêmes un instant de danser. Puis, tout d'un coup, des hurlements stridents déchirèrent le ciel de Pandémonium. Darius, les poils de la nuque dressés, se fit encore plus petit contre la porte de plomb. Des spectres noirs ayant la forme de vieilles femmes aux membres écartelés sortirent alors des cendres comme si elles y avaient été enterrées vivantes. Telles des pantins désarticulés, elles se dandinèrent avec une rapidité atroce vers l'élève de dernière année qui, malgré tous ses efforts, n'arrivait pas à les distancer. Riant comme d'antiques chouettes, elles l'encerclèrent bientôt en une odieuse ronde macabre sous les yeux horrifiés de Darius. Mais leurs ricanements lugubres se noyèrent rapidement dans un grondement sourd qui s'intensifiait, menaçant de faire éclater les cœurs et les tympans de l'adolescent. Quand soudain, ce fut le sol de marbre de la Place qui se craquela puis explosa.

Un être long et mince comme une sculpture de Giacometti s'extirpa alors du sol en hululant gaiement. Sa face blafarde n'était qu'un grand sourire édenté sous deux petits yeux noirs comme des billes. Un regard de requin. Darius reconnut immédiatement Croatoan, le Grand Prêtre de la Faucheuse, une des créatures les plus puissantes des Enfers, peut-être la plus puissante depuis la disparition de Lucifer. Croatoan, toujours gloussant, s'approcha de la sarabande des vieilles femmes. Il prenait son temps, jouissant lui aussi de la peur brute que dégageait le lycéen. Derrière le Grand Prêtre, de nombreux démons sortirent à leur tour du sol. Des nobles si l'on en croyait leurs habits luxueux. Ils paraissaient suivre Croatoan de leur plein gré mais la crainte était lisible sur leur visage. Puis, une multitude de figures grises se glissèrent hors du trou. Elles se déplaçaient de façon extrêmement étrange, pas comme des démons mais plutôt comme des somnambules ou des poupées de chiffon, et leur nombre était si grand qu'elles remplirent bientôt la Place de la Discorde dans un silence toujours aussi pesant. Seuls les cris du lycéen et les rires déments du Grand Prêtre et de ses servantes résonnaient dans cette atmosphère de crypte. Brutalement, Darius sut pourquoi les nobles n'en menaient pas large et les silhouettes grises étaient si malaisantes. Il en prit conscience dès lors qu'il repéra Astaroth au milieu de la foule silencieuse. Le même Astaroth que Golgotas avait décapité dans la matinée. Il était là, la tête grossièrement cicatrisée et observait Croatoan d'un œil vitreux. Darius devait bien se rendre à l'évidence, tous ces êtres étaient des morts-démons ! C'était incroyable et extrêmement choquant ! En Enfer, comme dans tous les univers connus, un démon était un esprit qui, par sa prodigieuse volonté, avait réussi lors de sa naissance à créer sa propre chair. Une créature très difficile à éliminer. Néanmoins, lorsque cela arrivait et qu'un monstre tel qu'Astaroth était détruit, son essence partait errer dans les limbes pour l'éternité tandis que son enveloppe, elle, se réduisait en cendres en quelques heures. Sur la place aujourd'hui, ces corps n'étaient maintenus entiers que par la volonté de Croatoan. Un tel pouvoir était inimaginable...

La ronde lugubre s'ouvrit alors devant le Grand Prêtre qui pénétra dans le cercle. Le lycéen, trop épouvanté pour essayer une nouvelle fois de fuir, était si pâle qu'il rivalisait presque de blancheur avec le maître de cérémonie. D'un imperceptible mouvement de la tête, ce dernier ordonna à ses spectres de maintenir le jeune démon. Un chant sinistre s'éleva alors de l'assistance des morts-démons, repris doucement par Croatoan. Darius ne comprit rien aux paroles mais elles le firent tout de même frissonner de tout son être. C'était un chant très ancien, il était au moins sûr de cela. Probablement interdit au Ciel comme en Enfer. Une mélodie qui, il le sentait jusque dans ses os, pouvait rendre fou un Archange et faire sortir du Chaos originel d'effroyables divinités oubliées. Les nobles démons qui accompagnaient Croatoan, tout en se rapprochant les uns des autres d'un air apeuré, psalmodiaient eux aussi le chant maudit. Le Grand Prêtre, plus rapide qu'un serpent, plongea alors soudainement sa main dans la bouche du lycéen. Il y enfonça son poignet puis la totalité de son immense bras, restant ainsi quelques horribles secondes. Lorsqu'il le retira, tel un sabre hors de son fourreau, un cœur palpitait entre ses doigts. Il le jeta en pâture à l'armée des morts derrière lui qui le dévorèrent en un instant. Le Grand Prêtre recommença l'opération à deux reprises et lorsque le dernier cœur fut englouti, le corps du malheureux s'effondra sur le sol... Puis se releva pour venir grossir les rangs du nécromancien.

La cérémonie était terminée, les nobles s'inclinèrent devant leur maître en tremblant et le suivirent vers les failles qui balafraient profondément la Place de la Discorde. Alors qu'il s'engageait dans la tranchée, Croatoan se releva brusquement, les sens en alerte. Il tourna son atroce visage de poupée de porcelaine et lorsqu'il s'arrêta, ses yeux noirs s'étaient figés vers la cachette de Darius à une centaine de mètres de là. Recroquevillé dans les ténèbres, ce dernier tremblait des pieds à la tête. Il sentait un esprit glacial et aveugle tâtonner autour de lui comme un ignoble tentacule. Ce formidable esprit le désirait ardemment et Darius savait que s'il le trouvait, le long bras de Croatoan lui fouillerait probablement les entrailles à lui aussi. Essayant désespérément de se faire le plus petit possible, se mordant la main pour ne pas hurler de terreur, Darius crut un instant perdre la raison. Étonnamment, c'est le rêve de la drôle de petite mortelle qui le sauva. Son sourire lui apparut tout à coup comme une source dans le désert. Une lumière réchauffant doucement ses os transis. Reprenant peu à peu ses esprits, Darius ne se redressa pas pour autant. Pas même lorsqu'il sentit les crampes lui enserrer la nuque et lui paralyser le dos. Finalement, après ce qui lui sembla une éternité, ce furent les voix des sergents de la ville, occupés à rallumer les brasiers du bout de leurs doigts, qui lui firent desserrer les paupières et relever lentement la tête. Sur la Place, il ne restait rien que de larges crevasses et quelques traînées de cendre.

8

De retour devant son immeuble, Darius reprit bruyamment son souffle. Il avait sprinté sans interruption depuis la Place de la Discorde, comme si l'archange Michel en personne lui collait aux fesses, et même ses puissants poumons de démon brûlaient maintenant dans sa poitrine. Encadrant la porte cloutée, les deux gargouilles qui servaient à la fois de concierge et de messagerie vocale le regardaient avec concupiscence. Sortant du mur à partir du bassin, leurs vieux seins fripés pendouillant au-dessus de l'adolescent, elles lui lançaient des sourires noirâtres que Darius faisait tout pour ignorer.

— Ben alors, ça va mon mignon ?! commença celle de droite.

Sa face était recouverte de verrues.

— Ne fais pas semblant, continua-t-elle, je sais que je te fais de l'effet !

Elle ressemblait à un cadavre flottant dans un marécage, mais ricanait comme une gamine de douze ans en tapant de ses mains osseuses. C'était écœurant.

— Il ne t'aime pas, laisse tomber, Athénaïs ! répondit celle de gauche dont le visage était heureusement caché par un rideau de cheveux blancs. Tu as l'air d'avoir vu le Bon Dieu en personne Darius... Tu veux en parler à tata Eugénie ? ajouta-t-elle en tendant ses longs bras gris vers l'adolescent.

— Ça va aller mesdames, répondit-il en poussant rapidement la porte, tout va bien...

— Oh si seulement je pouvais m'arracher du mur pour te prendre enfin dans mes bras, minauda alors Athénaïs.

— Fais attention quand même, mon mignon, poursuivit Eugénie en gloussant. Le Comte – et elle prononçait ce titre avec ironie – est déjà rentré. Et il n'est pas vraiment lui-même, si tu vois ce que je veux dire.

Les battants se refermèrent sur ces derniers mots. L'adolescent entendait encore les voix étouffées des deux gargouilles qui s'esclaffaient (« J'parie que cet incapable a encore perdu son boulot ! J'en mets mon pied à couper ! »), mais il n'écoutait plus. Eugénie avait raison, un retour de son père si tôt dans la soirée ne présageait rien de bon... Dans le hall autrefois glorieux mais aujourd'hui rongé par la vermine, Darius fit un instant les cent pas sous le grand lustre gris de poussière. Puis, après un bref soupir, s'engagea sur le velours pourpre maculé de taches des escaliers – après tout, ce n'était pas comme s'il avait le choix. À chaque étage, deux portes se faisaient face. Parfois, des grognements en filtraient, parfois c'était un assourdissant silence glacé ou de mauvais petits rires étouffés. Au cinquième, en revanche, l'étage de Darius, de vrais rugissements résonnaient jusque sur le palier ! Son père était vraiment en train de péter les plombs et il s'épanchait tout seul en hurlant comme un dément. Pour un ancien maître de l'Orgueil, se donner ainsi en spectacle était l'ultime signal de sa déchéance. Fasciné autant que consterné, l'adolescent se figea sur le seuil et tendit l'oreille. Parmi les borborygmes que son paternel ivre mort balançait à la face des Enfers, Darius finit par comprendre que le Comte avait en effet perdu son emploi. Lui qui, de par sa naissance, aurait dû devenir un général des Enfers ou ne s'approcher d'un C.T.A. qu'en tant que directeur de district, avait pourtant déjà dégringolé tous les échelons. De simple commercial (ou corrupteur d'âmes) jusqu'au Service Après-Vente (job minable de tourmenteur sans cervelle)... Qu'il ait même perdu cette place aujourd'hui était un nouveau coup dur. Un long silence s'installa et Darius se rapprocha discrètement de la porte pour y coller une oreille. Rien. Puis, d'un coup, des mugissements le firent sursauter :

— ... USURPATEUR ! UN USURPATEUR ! PRENDRE LA PLACE DE LUCIFER, CE VIEUX SQUELETTE PERFIDE ?! NE MÊME PAS DAIGNER M'INVITER, MOI, UN MAÎTRE DE L'ORGUEIL ?! QU'IL SOIT BÉNI CE SAC D'OS DE CROATOAN !

Le sang de Darius ne fit qu'un tour à l'évocation du Grand Prêtre de la Mort. Que voulait dire son père lorsqu'il parlait de Lucifer ? Croatoan s'était-il finalement installé au Palais ?! Depuis la disparition inexpliquée du Prince des Ténèbres, quelques centaines d'années plus tôt, juste avant la naissance de Darius, le gigantesque édifice de cristal était resté vide et n'éclairait plus la cité de son étrange luminescence. Son feu intérieur s'était éteint. Mais les réflexions de l'adolescent furent soudain interrompues par un bruit inhabituel. S'il n'avait pas aussi bien connu son paternel, il aurait pu jurer que c'étaient des pleurs qu'il entendait de l'autre côté de la porte. Darius, tendu, ferma les yeux et se concentra sur son ouïe comme s'il pouvait la décupler. La voix, presque inaudible, répétait un nom, l'adolescent en était certain :

— Carmen... Carmen...

Qui était cette Carmen ?! En tout cas, c'était un nom de mortelle !

— ... Ah Carmen... Il te ressemble tellement... tellement...

Darius déglutit péniblement. Était-ce de lui que son père était en train de parler ? Et si oui, qu'est-ce que ça voulait dire ? Ce qu'il avait peur de comprendre était proprement impossible... Mais il fallait qu'il en ait le cœur net, et tout de suite. Tant pis pour les conséquences. Avec détermination, il entra donc dans l'appartement, prêt à en découdre avec son père. Malheureusement, lorsqu'il arriva dans le salon, ce dernier était étendu en travers de la table de granit massive, auprès du quartier de viande crue qu'attaquaient déjà les servantes de Belzébuth[6]. Il avait perdu connaissance et le fairysky ne le délivrerait probablement que le lendemain.

---

6. Belzébuth, prince parmi les démons, est appelé le « seigneur des mouches ».

9

Le lendemain, Notre-Dame de la Tentation était en ébullition et résonnait de l'incroyable nouvelle : quelqu'un s'était finalement assis sur le trône de Lucifer et c'était Croatoan ! Sur toutes les lèvres, sur tous les mufles et les crocs, les mêmes questions fondamentales : quel genre de roi le Grand Prêtre de la Mort allait-il être ? Quels changements pouvait-on attendre en Enfer ? Armageddon, la grande bataille finale du mal contre le bien, était-elle proche ? Dans l'ensemble, les réactions reflétaient une seule inquiétude commune : le Maître des Coquilles Vides était-il vraiment fait pour régner sur des vivants ? Darius qui, la veille, avait assisté à la cérémonie de Croatoan, s'était déjà fait une petite idée sur la question. Il frissonna rien que de penser au sourire édenté du nouveau souverain. Mais la peur que lui inspirait ce dernier était presque dérisoire comparée au trouble qui l'habitait depuis les pseudo-révélations avinées de son père. Lorsqu'il était parti pour le lycée ce matin, le Comte cuvait toujours. À côté de lui, le quartier de viande avarié, animé par la voracité des asticots, semblait peu à peu revenir à la vie (c'était décidément la mode en ce moment...). Il avait quitté l'appartement sans explication, une tempête d'émotions contradictoires tournant impitoyablement sous son crâne...

L'esprit aussi agité que les couloirs du lycée, Darius prit sa place à côté de Zorg. Imperméable à l'excitation ambiante, le zombie avait le nez (enfin, les cavités nasales...) plongé dans un vieux grimoire vermoulu. Golgotas, dont le père était un luciférien de la première heure, ne put d'ailleurs s'empêcher de l'agresser dès son entrée dans la salle :

— Sale cadavre sur pattes ! Tu dois être content, ton boss est au pouvoir ! Mais ne compte pas sur moi pour te faire des courbette, sac à vers !

Zorg, avec l'expression d'un critique culinaire auquel on viendrait présenter une crotte de chien, releva doucement la tête et articula avec une pénible lenteur :

— Je vois... Vous vous dites qu'en tant que zombie j'ai nécessairement des accointances avec le Grand Prêtre. Vous vous dites cela avec le crétinisme facile des brutes, persuadées que leur force physique leur donne le droit d'énoncer leur avis, alors même que leur cerveau, organe vestigial, ne leur permet pas la moindre réflexion. Vous devriez vous taire, monsieur, avant que le ridicule de vos naïves spéculations ne nuise à votre soi-disant réputation...

Darius, comme le reste des élèves, comme son cousin lui-même, se figea, sidéré par l'insolente répartie du zombie. Le Gol allait lui arracher la colonne vertébrale !

— Mais je vais t'arracher la co... commença Golgotas en se ruant vers Zorg, toujours impassible.

— Tatata ! Vous n'allez rien arracher à personne mon petit Golgotas, ricana la Vieille Folle en entrant dans la classe. En tout cas, pas pendant mon cours ! Allez, allez ! Asseyez-vous tous ! Dépêchez-vous Golgotas, cessez de faire cette mine patibulaire !

Darius, qui retenait toujours sa respiration, expira enfin lorsque son cousin, encore fulminant, s'installa finalement à sa place. Zorg était passé à un poil de bouc du désossement mais il ne semblait pas s'en rendre compte. Toujours aussi calme, il regardait la Vieille Folle déposer sa sacoche sur le bureau et en sortir une dizaine de carottes bien emballées dans un sac plastique. L'air encore plus dément que d'habitude, elle brandissait le sachet sous les regards blasés.

— Quelqu'un peut-il me dire ce que je tiens dans ma belle petite main toute dodue ?

Mais personne ne faisait plus attention à elle. La Vieille Folle, comme la surnommaient les élèves depuis des générations, ou Baba Yaga, comme l'appelait monsieur Mongris, n'avait en effet besoin de personne d'autre qu'elle-même pour tenir une conversation ou, comme dans le cas présent, un cours. D'ailleurs, sans attendre la moindre réponse de la part de la classe, elle enchaîna :

— Eh bien oui ! Ce sont des carottes ! De simples petites carottes que grignotent généralement de mignons petits lapins bien chauds, bien doux et bien juteux...

Tout le monde avait repris une activité annexe – jouer sur sa tablette, discuter, se lacérer les bras avec un cutter – sauf Lilith, bien sûr, et Zorg, qui semblait fasciné.

— ... allez me dire : quel rapport entre ces jolies petites carottes que grignotent de charmants petits lapins et la destruction de la Terre ? Nous avons étudié précédemment l'arme nucléaire, le réchauffement climatique et la déforestation ! De grandes réussites qui ont valu à leurs instigateurs célébrité, richesse et concubines à gogo ! Mais c'est aussi par de petits détails *kawaï* que nous asservirons les hommes...

Darius, les coudes sur son pupitre, observait le zombie qui finit par se tourner vers lui :

— Un problème, mon jeune ami ? demanda-t-il avec son flegme habituel.

— Pas du tout. Je voulais juste me présenter : moi, c'est Darius.

— Oui. Proprement fascinant. Et ?

Wow, le gars ne se prenait pas pour du guano !

— ... oui, vous l'avez bien lu sur le sachet : ces carottes sont bios ! Les mortels, ces petits choux, ont lutté pour sortir du piège de l'agriculture industrielle pour se retrouver une fois de plus dans l'impasse de la pollution et du plastique ! Haha ! Ce coup de génie devrait démoraliser les écologistes les plus motivés ! Et c'est typiquement le genre de petites victoires qui...

Après un bon moment, le jeune démon décida de changer de méthode d'approche.

— Pas bête, le truc des sacs plastiques, hein ? Bientôt, il paraît que la Terre ne sera plus qu'une vaste décharge et que ces imbéciles d'humains s'étoufferont dans leurs propres déchets !

Zorg toussota aussi discrètement qu'un punk à chien après trois jours à Amsterdam :

— Et j'imagine que tu trouves ça formidable... ?

Darius était complétement désarçonné par la réaction du zombie.

— Euh... ben oui... enfin...

— Ne gaspille pas inutilement ta salive, démon. Va donc tourmenter quelqu'un d'autre et laisse-moi en paix.

Ce Zorg était complétement taré ! Il avait dit « démon » comme on crache une insulte ! Était-il au courant qu'il vivait en Enfer ?! Darius allait répliquer lorsqu'il s'aperçut que la Vieille Folle était en train de quitter la classe, remplacée par un type avec une tête de bouc – littéralement. Il oublia aussitôt le zombie : M. Béliak et son cours de catéchisme tombaient vraiment à pic.

10

M. Béliak, comme toutes les semaines, commença par regarder avec intensité chaque élève de la classe dans un silence de mort. Son œil caprin à l'iris rectangulaire semblait vous transpercer, vous retourner telle une peau de vison et lire dans vos entrailles palpitantes vos secrets les plus inavouables. Cette routine plutôt pénible achevée, d'un claquement de langue, il fit apparaître devant lui une Anti-Bible au moins aussi ancienne que l'Enfer. De ses longs doigts crochus, il en caressa la couverture en psalmodiant le cantique de Lucifer. À mesure qu'il en récitait les paroles en latin, l'air se fit plus froid, le silence plus épais, l'obscurité plus noire et Golgotas lui-même rentra sa tête dans ses larges épaules. Lorsqu'enfin M. Béliak releva la sienne, il sourit de ses grosses dents carrées et l'ambiance de la classe redevint « normale ».

— Que Satan soit toujours avec vous ! lança-t-il d'un ton aimable.

— Et avec votre esprit ! répondirent machinalement l'ensemble des élèves.

Tandis que M. Béliak se frottait les mains avec bonne humeur, l'Anti-Bible s'ouvrit toute seule près de lui.

— Alors, alors, où en étions-nous ? Quelqu'un est-il capable de me répondre ? Golgotas, un miracle ? Non, toujours pas ?

Un grand type longiligne, tout en bras et en jambes, avec des yeux de chat, leva alors la main.

— Nous en étions à la parabole des deux bâtisseurs, monsieur. L'un s'acharnait à construire sa maison sur le roc comme un pauvre esclave tandis que l'autre, plus malin, construisit la sienne rapidement sur le sable, la loua à des naïfs, et partit s'enivrer avec des filles faciles !

— C'est parfait, Felivus ! Une bien belle allégorie... Aujourd'hui, nous allons encore étudier une autre parabole fondatrice, celle du Fils Indigne et... Oui, Darius ?

Ce dernier, le bras levé bien haut, avait les yeux brillants d'excitation.

— J'aurais une question au sujet de la Grande Prophétie...

— Oh, mais bien sûr Darius, bien sûr ! Le superbe chapitre 66, verset 6. La venue de l'Antichrist. La victoire du Mal... Nous t'écoutons !

Tous les yeux étaient braqués sur lui, il détestait ça. D'habitude, personne ne posait la moindre question durant le catéchisme. Pas même la belle Lilith. Les élèves se contentaient juste de subir le cours en silence.

— Eh bien voilà, commença Darius en essuyant ses mains moites sur ses cuisses. Je crois qu'il est dit que le fils de Lucifer et d'une mortelle deviendra le futur maître de l'Enfer et de la Terre...

— Exactement... exactement... opinait M. Béliak.

— Mais... je me demandais... est-il possible pour un autre démon que le Prince des Ténèbres de se reproduire avec une humaine ?

Au fond de la classe, Golgotas partit d'un gros rire gras :

— Bah alors, Darius ?! On a une puberté difficile ?! Hahahaha !!!

Toute la classe s'esclaffa, excepté M. Béliak et Zorg qui regardaient Darius d'un air bizarre. Le professeur de catéchisme poussa alors un bêlement tonitruant qui ramena aussitôt le calme :

— Darius ! Comment peux-tu demander une chose pareille ?! glapit-il en frappant son Anti-Bible du poing. Tu sais pertinemment que le Livre Profane est formel ! C'est écrit juste là – nouveau coup de poing – sang sur blanc ! Il est dit que SEULE la semence sacrée de Lucifer, le premier des démons, pourra engendrer un enfant – un fils – avec une mortelle et que ce dernier fera monter les flammes jusqu'aux Cieux !!! Comprends-tu ? COMPRENDS-TU, MALHEUREUX ?! OU METS-TU EN DOUTE LES MAUDITES ÉCRITURES ?!

M. Béliak était comme fou et, le poil hirsute, continuait à taper son livre d'un air mauvais. Darius, lui, était pétrifié de honte et n'osait pas regarder autour de lui. Ce fut Le Gol qui, à la surprise générale, rompit le silence :

— Pourtant, c'est Lucifer qui est censé diriger les Enfers et peu de démons ont l'air de s'élever contre la prise de pouvoir de Croatoan !

— Le Grand Prêtre de la Mort a beau s'asseoir sur le trône, il est bien trop respectueux de nos traditions pour ceindre la Couronne de Fer, jeune Golgotas, répondit le professeur qui se calmait peu à peu.

Darius, lui, malgré la tension qui redescendait, était toujours tétanisé. Ce fut le chuchotement de Zorg qui le ranima :

— Ça donne furieusement envie de poser des questions... Je doute que Béliak soit un adepte de la fameuse méthode Montessori ?

Darius se tourna alors vers le zombie qui lui faisait un drôle de petit sourire.

— Je ne sais même pas de quoi tu parles.

— Cela n'a aucune importance, répondit Zorg. Mais moi j'ai une autre réponse à ton intrigante question : les prophéties n'engagent que ceux qui veulent bien y croire !

11

Le break Ford roulait comme un dingue à travers les rues désertées de la Zone Industrielle. De temps en temps, un réverbère esseulé, dressé comme une potence, éclairait les trottoirs grisâtres, les amas de sacs poubelles contre les murs des entrepôts, ou même un chat qui, effrayé par le vrombissement du moteur, se carapatait derrière un container. Dans l'habitacle, les grosses basses des Profanateurs faisaient presque vibrer les vitres et Judith commençait à avoir un début de migraine. Elle n'aurait pas dû dire oui à Vladimir lorsqu'il lui avait tendu sa flasque de téquila en rigolant. Ils en avaient tous bu, alors pourquoi pas elle ? Elle regarda le paysage défiler un instant et réalisa soudain où elle se trouvait. Seule avec Damien. Qu'est-ce qu'ils foutaient dans ce coin paumé ? Elle le connaissait depuis toujours, depuis la sixième en fait (un bail, donc), et elle avait confiance, mais quand même… Elle le regardait qui fixait la route tout en riant et revivant le super concert auquel ils venaient d'assister, discourant sur les différences infimes mais capitales des interprétations live ou studio. Ça, plus les Profanateurs qui hurlaient « I'LL KILL YOU ! I'LL KIIIIIIIIIIIILLLLL YOOOOOOOOOOOUUUUUU ! AND I'LL DRINK YOUR BLOOD ! », c'était beaucoup pour le pauvre cerveau de Judith.

— Dis-moi, tu veux pas baisser ?
— QUOI ?!
— BAISSE LE SON !

Signe de compréhension et les Profanateurs retournèrent dans leurs tombes.

— Qu'est-ce qu'on fait vraiment là, Damien ? soupira-t-elle alors. Et pourquoi les autres ne pouvaient pas venir avec nous ?

— Je te l'ai dit, répondit-il avec un sourire stressé. J'ai un truc à te montrer.

Mouais. Bizarre quand même. Pourquoi avait-il l'air si tendu ? Son maquillage coulait autour de ses yeux et la transpiration avait complètement enlevé son fond de teint blanc. Il avait maintenant l'air d'un raton-laveur après une averse. Un raton-laveur tendu avec une croix inversée à l'oreille. Judith bascula le pare-soleil pour constater qu'elle n'avait pas l'air bien plus fraîche et que son rouge à lèvres noir faisait une traînée sur sa joue. Elle replia le petit miroir et se retourna vers Damien.

— On arrive bientôt ? Parce que là, je commence vraiment à être défoncée...

— Oui, oui... Là, on peut se garer !

Un parking entre deux hangars. Un caddie renversé. Dans un coin, un vieille camionnette Volkswagen sans roues qui devait rouiller depuis au moins la guerre du Vietnam. Chouette.

— Bon, qu'est-ce qu'il y a à voir dans ce trou ? s'impatienta Judith. Le corps d'un SDF ?

Damien éteignit le moteur (ce qui rendit l'ambiance encore plus glauque) et, d'un air solennel, fouilla dans la poche de son jean noir. Il en sortit une petite boîte.

— Je voulais qu'on soit tranquilles pour te donner ça, dit-il sans la regarder.

Judith, gênée mais trop surprise pour réagir autrement, saisit l'écrin et l'ouvrit. À l'intérieur, une tête de mort en pendentif la fixait de ses orbites vides.

— Classe, hein ? s'exclama Damien en se rapprochant du siège passager.

Son haleine empestait la téquila. « Dire que c'est lui qui tient le volant... » pensa Judith en s'écartant imperceptiblement.

— Oui, c'est très joli mais c'est en quel honneur ? Et on avait vraiment besoin de venir ici pour ça ?

— J't'ai dit que je voulais qu'on soit tranquille, s'agaça soudain Damien. Et puis, continua-t-il d'une voix plus douce, je voulais juste te faire plaisir... C'est grave ?

Et pour ponctuer sa dernière question, il posa une paluche couverte de bagues sur la cuisse de Judith et entreprit de la faire glisser sous sa jupe... Une claque retentissante interrompit alors brutalement son exploration.

— Ça va pas ou quoi ?! explosa la jeune fille après un instant de sidération. Qu'est-ce qui t'arrive ? Range tes mains, n'oublie pas qu'on est potes !

Damien, honteux et la joue écarlate, éleva lui aussi la voix :

— Ça veut rien dire « on est potes » ! Et puis, merde, ça fait un moment que tu me plais et...

D'un geste, Judith lui fit signe de se taire.

— Quoi encore ? J'ai encore des trucs à te dire et...

— Tais-toi ! le pressa-t-elle alors. Écoute ! T'as pas entendu ?

Il y avait comme un grattement. Un grognement, aussi, près de la voiture. Instinctivement, les deux ados se mirent à chuchoter :

— C'est sûrement un chien…
— Non, souffla Judith. On dirait qu'il y a quelqu'un qui souffre, écoute !
Damien tendit l'oreille un moment.
— J'entends des sortes de geignements… C'est un chien, c'est sûr !
— Allons voir ! proposa alors Judith sans vraiment y croire. Peut-être que quelqu'un a besoin d'aide…
— Mais bien sûr ! Tu crois que je vais sortir de la voiture, en pleine nuit, sur le parking désert d'une zone industrielle parce qu'il y a un truc qui couine derrière l'épave d'une camionnette ?! Tu rêves !
— Alors fais le tour en voiture pour l'éclairer !
— Ok, ok…
Le bruit du moteur déchira soudain le silence de la nuit et Judith se sentit de plus en plus mal à l'aise.
— Dépêche-toi, Damien…
— Oui, oui… ça y est, deux secondes, râla-t-il en donnant un dernier coup de volant.
Face à eux, dans la lumière blanche des phares, une chose s'agitait en grognant sur le sol.
— Qu'est-ce que c'est que ce bor…
— C'est pas un chien Damien. Je le sens pas, barrons-nous !
— Je rêve ! T'es vraiment chiante ! Je te rappelle que c'est toi qui voulais aller voir et…
La chose se redressa alors devant les pare-chocs de la Ford. Elle portait un vieil imperméable gris et son crâne avait une forme étrange. Lentement, elle se retourna, dévoilant un visage ravagé. Mais ce n'était pas le pire. Loin de là. Le pire était ce qui restait sur le sol derrière la chose !

— DÉMARRE DAMIEN PUTAIN ! hurla Judith en s'agrippant au bras de son ami.

Requête inutile. Les pneus de la vieille voiture crissaient déjà et ils s'élancèrent dans la nuit, loin de cette horreur.

12

Entouré par les centaines d'âtres désespérément éteints, mal installé sur un trône bien trop large pour son étroite carcasse, Croatoan, sous des apparences de paisible autorité, pestait intérieurement. Près de lui, sous sa cloche de cristal, la Couronne de Fer qu'il n'osait pas encore porter semblait d'ailleurs le narguer. Il avait espéré devenir le maître des Enfers dans un silence tout de respect et de crainte mêlés mais, derrière son dos, une foule de petits nobliaux inconscients contestaient encore sa légitimité. Ils étaient proches, il le sentait. Ici même, derrière les grandes colonnes de cristal de la salle du trône, certains l'épiaient et complotaient ! Comment osaient-ils, ces moins que rien ?! Il leur arracherait les cœurs et les dévorerait encore palpitants ! De rage, il frappa du poing contre l'accoudoir d'ébène serti de rubis. Ce geste contrasta tellement avec son calme apparent qu'il attira l'attention de son plus fidèle conseiller. Ce dernier, assis sur des marches d'obsidienne aux pieds de son maître, se releva avec la précipitation du valet ayant perdu depuis longtemps toute dignité.

— Quelque chose ne va pas, ô puissant souverain des Enfers ?

La voix tremblante et obséquieuse sortait de la bouche du vieil homme, mais le regard de ce dernier était vide. Sur son front, le parasite, lui, regardait Croatoan avec des yeux brillants de malice. Son corps noir recouvrait l'intégralité du crâne rasé de son hôte tandis que ses centaines de fines pattes s'enfonçaient puissamment sur les côtés du visage émacié.

— Cagliostros a-t-il été arrêté ?

— Oui, mon maître, il pourrit actuellement dans les prisons du palais. Les sergents l'ont travaillé toute la nuit... Je crois qu'il est maintenant à point, ajouta le parasite avec gourmandise tandis que le vieil homme s'humectait les lèvres.

— Et Lavinius ?

— Il court toujours, ô Croatoan, avec quelques autres traîtres mais plus pour longtemps, tranquillisez-vous...

— Je SUIS tranquille, Scutigera, répliqua froidement le Grand Prêtre de la Mort.

Puis en baissant la voix pour son seul serviteur :

— J'aimerais juste en finir une fois pour toutes avec ces vivants... Ils sont si imparfaits ! Si épuisants ! Tout sera tellement plus simple quand il n'y aura plus que des cadavres dociles...

Croatoan partit alors dans un de ses songes familiers : la vision d'un monde mort, glacé et silencieux. Un monde peuplé d'esclaves pourrissants en perpétuelle adoration devant lui. Il se voyait Empereur suprême d'un univers en décomposition, assis en haut d'une montagne bleutée surplombant un éternel charnier. Le Ciel au-dessus de lui commencerait alors à trembler...

La voix aiguë de Scutigera le Multiple finit par le tirer de sa sublime rêverie :

— ... question de temps. Une fois ces imbéciles de nobles mis au pas, le peuple fera ce qu'il a toujours fait ; obéir par peur et par lâcheté. Il vous faut jouer le jeu encore un petit moment, Majesté. Rassurer les cochons avant de les égorger et en faire du boudin...

— Tu as toujours eu l'art de la métaphore, grimaça Croatoan en se levant.

Puis, désignant le trône :

— Il faudra qu'on m'enlève ces rembourrages en plumes d'ange, le confort me dégoûte. Avez-vous retrouvé les appartements ?

Sous les crochets de l'énorme mille-pattes, le vieil homme fit une mine désolée.

— Hélas non, Ô mon maître ! Nous fouillons les moindres recoins mais il semblerait que seul Lucifer soit réellement capable de retrouver ses appartements dans ce palais où toutes les pièces sont en mouvement. Mais il est impossible que le Prince des Ténèbres soit ici, le palais ne serait pas « éteint » ! ajouta-t-il en désignant d'un geste large l'obscurité qui régnait dans tous les foyers étouffés.

Croatoan soupira :

— Peut-être bien, mais on ne sait jamais avec lui... Après tout, ce n'est pas le Grand Trompeur pour rien. Et qu'en est-il de la...

— La Chapelle Maudite, le devança Scutigera en se ratatinant, est aussi introuvable. Seul Lucifer...

— Oui, oui, je sais, s'énerva le nouveau maître des Enfers, sans pour autant élever la voix – les nobles l'observaient sans cesse et il ne pouvait pas se permettre de perdre à nouveau son sang-froid, cela aurait été une marque de faiblesse. Lui seul peut la retrouver... Pourtant, il me faut cette Chapelle et le pouvoir qu'elle est censée recéler !

— Nous mettrons les bouchées doubles, ô Croatoan, déclara son serviteur en faisant un signe de tête aux pauvres créatures sans vie qui attendaient pourtant dans l'ombre des lourdes tentures.

— Tu as plutôt intérêt, Scutigera, répliqua le Grand Prêtre de la Mort d'un ton désolé. Il n'est pas impossible que tu sois plus compétent mort que vivant...

Le vieil homme déglutit bruyamment tandis que le parasite resserra son étreinte de ses pattes décharnées.

— Je ne vous décevrai pas Majesté !

— Je l'espère... pour toi. Maintenant, s'il n'y a plus d'audience, je vais aller méditer un moment dans la crypte. Il faut que je reprenne des forces pour l'épreuve de ce soir.

— Une épreuve, ô Croatoan ?

— Pire que ça... La finale de headball... Devoir me mêler à ces animaux en sueur... (Il soupira à nouveau.) Mais comme tu le disais si justement, tout ça ne sera bientôt plus qu'un mauvais souvenir.

13

— Et voilà. Encore Échec et Mat, déclara le zombie sans enthousiasme.

Cette fois-ci, il avait capturé le roi adverse en moins d'une dizaine de coups en éliminant implacablement les deux vampires et les trois spectres de Darius.

— Tu es trop fort pour moi, soupira l'adolescent, les yeux rivés sur l'échiquier encore trempé du sang de la bataille. Je laisse tomber !

— Tu as surtout la tête ailleurs... Pourquoi ne quittes-tu pas l'équipe si tu n'apprécies plus le headball ?

— Pas en pleine saison, maintenant qu'on a atteint les demi-finales, répliqua Darius en se levant de son petit tabouret en ivoire.

Quitter l'équipe ! C'était facile à dire pour Zorg qui n'avait ni la pression de ses coéquipiers, ni celle de sa famille. S'il quittait les Rats Crevés, que dirait Golgotas et surtout, que dirait le Comte ? Être un joueur de headball était la seule chose qu'il appréciait chez son fils et Darius n'était pas prêt à couper le dernier lien qui les unissait. Comme s'il lisait dans ses pensées, le zombie changea de sujet :

— Toujours aucune nouvelle de ton père ?

— Non... et c'est bien pour ça que tu es là. Il n'accepterait pas qu'une créature comme toi viennent souiller ses tapis de soie, aussi élimés soient-ils...

Le regard de Darius revint involontairement sur la table de marbre où il l'avait vu pour la dernière fois, allongé et sans connaissance... Lorsqu'il était rentré du lycée ce jour-là, bien décidé à parler avec le Comte, la maison était vide. Il avait donc attendu, guettant ses pas dans les escaliers pendant des heures avant de finalement s'endormir. Le lendemain matin, son père n'était toujours pas rentré et Darius avait senti monter en lui un étrange mélange d'inquiétude et de soulagement. Le surlendemain, il s'était décidé à aller parler aux gargouilles Athénaïs et Eugénie qui, passées maintes minauderies, lui avaient expliqué que le Comte était parti précipitamment après avoir reçu un message de son frère Lavinius. Cela faisait des années que ces deux-là ne s'étaient pas parlé... Intrigué, il avait aussitôt interrogé Golgotas qui lui avait appris que son père était également absent. « Parti à la chasse au manoir familial, avait répondu son cousin en lui tapant dans le dos. Ils sont sans doute ensemble ! Profites-en ! ». Et c'est ce qu'avait fait Darius. Libéré de la sourde menace que représentait son paternel, il avait commencé à souffler et avait même fini par espérer que la disparition du Comte serait définitive. Pour fêter sa toute nouvelle liberté, et après une prudente observation de quelques jours, il avait d'ailleurs osé inviter Zorg à venir chez lui après les cours et cela faisait 48 heures que le zombie n'était plus reparti. Il faut dire que malgré une entrée en matière un peu froide, ils avaient vite réalisé qu'ils avaient énormément de points communs. Tous les deux se sentaient en effet complètement déplacés en Enfer : un zombie surdoué et un démon qui ne supporte plus l'horreur. Ils étaient des monstruosités ici-très-bas, condamnés à l'incompréhension et à la solitude. À juste titre, ils considéraient donc leur rencontre comme un miracle et n'étaient pas près de se lâcher !

Pour la quatorzième fois au moins de la journée, le bruit aigu de dents qui grincent retentit dans l'appartement, tirant Darius de ses réflexions.

— C'est pas vrai ! Pas encore lui... râla-t-il en se dirigeant vers la large mâchoire humaine qui claquait bruyamment comme un gros dentier de farces et attrapes sur l'ardoise du guéridon.

Lorsqu'il arriva à moins d'un mètre de la chose, celle-ci immobilisa son sourire sans lèvres et s'ouvrit aussi largement que la gueule d'un crocodile. La voix de Golgotas résonna dans la pièce :

— Darius, c'est encore moi ! Juste pour te rappeler de ne pas être en retard pour l'échauffement ! C'est la demi ce soir ! Et à ce qu'il paraît Croatoan sera dans les tribunes ! Ne sois pas en retard ! J'espère d'ailleurs que tu es déjà en route ! En fait, t'as intérêt à être déjà en route !

Le râtelier se referma soudainement, ses gros chicots blancs luisant dans la pénombre.

— Ton charmant cousin semble encore plus angoissé que toi... ricana Zorg en toussotant. Puis, plus sérieusement : savais-tu que le Grand Prêtre de la Mort nous ferait l'honneur de son ignoble présence ?

— Je savais que c'était une possibilité… Lucifer avait l'habitude d'assister aux phases finales de headball… répondit l'adolescent d'une voix blanche. Mais revoir Croatoan après la Place de la Discorde, je ne sais pas si…

— La prudence la plus élémentaire serait de ne pas y aller, Darius. S'il te reconnaît, tu risques fort de te faire arracher les myocardes…

Le jeune démon, trop choqué pour garder un tel secret, n'avait en effet pas beaucoup attendu pour confier à Zorg l'histoire de la cérémonie clandestine de Croatoan. Le zombie avait été très intéressé mais pas surpris du tout. C'était difficile à exprimer mais il sentait que quelque chose de fondamental était en train de se modifier depuis la prise de pouvoir du Maître des Coquilles Vides.

— Merci du conseil mais je n'ai pas vraiment le choix, soupira Darius en soulevant son sac de sport. Au moins, il ne verra pas mon visage avec mon casque. Et puis, ajouta-t-il en ouvrant la porte de l'appartement, si j'abandonne, c'est Golgotas qui me tuera.

14

Un cri atroce résonna dans le salon, remonta l'escalier couvert de moquette verdâtre et traversa la porte verrouillée : « C'EST LA DERNIÈRE FOIS QUE J'TE LE DEMANDE, PUTAIN : ÉTEINS CETTE MUSIQUE DE SAUVAGE ! ».

Derrière les puissants riffs de guitares, Vladimir pouvait encore entendre les hurlements de sa mère. Avec un profond soupir, il finit par lever ses fesses du canapé miteux pour monter encore un peu plus le son de l'enceinte connectée... Voilà, c'était beaucoup mieux comme ça. Se vautrant à nouveau dans le cliquetis des ressorts, il ramassa le journal près du cendrier fumant et relut le petit article en bas de la dernière page.

C'était difficile à croire ; de pouvoir lire un truc pareil dans un quotidien plutôt sérieux... Des histoires comme ça étaient monnaie courante dans *Nouvelles de l'Infra-Monde* ou *La Gazette du Bizarre* mais là, même en minuscule à côté d'une pub pour un club de pilates, l'info prenait une autre dimension... Le journaliste écrivait que, ces derniers jours, de nombreuses personnes avaient cru voir un de leur proche décédé déambuler dans la rue. Il précisait que, s'il y avait toujours des illuminés pour raconter des choses pareilles, là, c'était différent, car les témoins de ces événements pour le moins troublants n'étaient pas les marginaux habituels. Des pères de familles, des secrétaires de direction, une comptable et même deux médecins, tous étaient maintenant sous calmants et accompagnés par une cellule psychologique créée pour l'occasion. Comment la même psychose avait-elle pu se répandre si largement dans la région en ce moment ? C'était la question à dix mille dollars et un sacré défi scientifique, déclarait le Dr Grougon, responsable de la cellu…

« TU TE FOUS DE MA GUEULE ?! ÉTEINS-MOI CE BORDEL ! »

Merde. Sa mère avait réussi à bouger ses fesses jusque derrière la porte et n'allait pas le lâcher avant qu'il s'exécute.

— ÇA VA ! ÇA VA ! J'ÉTEINS PUTAIN ! hurla Vladimir vers la porte repeinte en noir par ses soins.

Renversant le cendrier de ses bottes cloutées (et merde !), il claqua le bouton ON/OFF de la baffle d'un geste rageur.

— C'est bon ? T'es contente, maintenant ? On entend mieux les travaux ?!

Cela faisait des mois que des ouvriers du gaz s'escrimaient à creuser une tranchée dans la rue devant chez eux et, en effet, le marteau piqueur prit aussitôt le relais de la batterie. Un grognement satisfait et des chaussons qui se traînent lourdement sur le sol répondirent à la question de Vladimir. « Moi aussi je vois déambuler un proche décédé… », pensa-t-il alors avec un sourire cynique. De toute manière, c'était trop glauque, il fallait qu'il sorte de cette baraque. Devant son miroir, entre un poster des Profanateurs et celui d'un énorme pentagramme sanguinolant, il rajusta son jabot et enfila son manteau en cuir. Parfait. Il saisit l'acier froid de Janice, son coup de poing américain porte-bonheur, et le glissa dans sa poche. Nickel. Mais il lui manquait encore quelque chose. Décidemment, il était totalement accro. Malheureusement, sa mère étant réveillée, pas moyen de piquer de quoi s'acheter un paquet. Il récolta donc quelques vieux mégots et les éventra pour récupérer des reliquats de tabac afin de se rouler une clope. « Une clope de clochard », comme Judith les appelait. La première bouffée lui déchira d'ailleurs la gorge et les poumons. C'était vraiment pas l'idéal mais cela suffit à lui éclaircir les idées.

D'ailleurs, il fallait qu'il la voie. Déjà parce qu'il avait besoin de lui parler de ce putain d'article et surtout parce qu'il était sans nouvelle depuis le concert. Pas de news non plus de Damien alors qu'il savait que le petit salaud allait enfin lui déclarer sa flamme. Peut-être qu'ils avaient été tués tous les deux dans un accident de voiture. Après tout, Damien avait bien picolé SA téquila. Donc, il serait responsable de la mort de ses deux meilleurs amis ! Il secoua la tête – « Non, arrête de psychoter ! » – et débrancha son téléphone qui chargeait. Sur l'écran, la tête de Judith en reine de la nuit, magnifique avec ses lentilles de contact blanches bien flippantes, s'afficha en même temps que la tonalité. Il laissa sonner jusqu'à ce que le répondeur s'enclenche, raccrocha et appela à nouveau quatre ou cinq fois sans succès. Même topo lorsqu'il appela Damien.

— Ok… Si tu ne viens pas à Vladimir, Vladimir viendra à toi, murmura-t-il en pastichant la réplique d'un de ses vieux films préférés. Il écrasa sa « clope du clochard » à même le sol de sa chambre dont il déverrouilla l'accès et descendit l'escalier de sa démarche pesante. En bas, la télé gueulait ses conneries ponctuées de rires enregistrés et des pouffements débiles de sa mère. Obnubilée par son écran, un gros bras flasque posé sur son sac à main, elle ne jeta même pas un regard vers son fils qui partit en claquant la porte.

15

Le silence venait de tomber sur les braises du Stade Léviathan. Dans les gradins qui s'élevaient sur des milliers de rangées vers le ciel rouge, on retenait son souffle. L'arbitre leva la main et s'apprêta à souffler dans sa trompe d'airain. Un ramasseur de tête posa la trogne éplorée entre les deux équipes regroupées en packs cuirassés. Encore une seconde d'apnée et le signal du début de match retentit puissamment dans l'air, libérant du même coup les mugissements des spectateurs et le fracas des casques. Dans les tribunes de droite, les supporters des Rats Crevés brandissaient des banderoles à la gloire de Golgotas tandis qu'à gauche, arrivant directement du cercle de la Violence, les Ponce Pilatiens frappaient sur de grosses caisses de métal pour encourager leur équipe star. Au centre, la tribune royale était vide, au grand soulagement de Darius qui, en tant que claqueur, attendait sur le bord du terrain la fin des échauffourées de la mêlée. Comme d'habitude, le stade était bondé et les abords de ce dernier grouillaient de fans qui n'avaient pu rentrer. Dans cet univers hostile qui pouvait être comparé à un gigantesque panier de crabes, le headball était une passion commune à tous les habitants des Enfers et chaque lycéen de dernière année rêvait de faire un jour partie de l'équipe championne, de goûter à sa gloire fugace. Après le lycée, en effet, les joueurs devaient raccrocher les coquilles pour se lancer dans la vie active et corrompre des âmes...

— POUSSEZ ! MAIS POUSSEZ BANDE D'ENFOIRÉS ! beugla Golgotas qui sortait la tête d'entre les cuisses de Zényrophon.

Un temps d'arrêt. Le même grognement provenant d'une dizaine de gorges et, dans un effort titanesque, les Rats Crevés gagnèrent un instant du terrain sous les hourras et les injures. Observant d'un œil vague les tribunes, le regard de Darius s'arrêta alors sur la loge personnelle de Lilith, en face de lui. Ce fut comme si des poignards lui avaient transpercé les cœurs ! L'adolescente, le visage rougi par l'émotion, les yeux brillants d'admiration, criait de fervents encouragements à l'intention de son cousin. Comment avait-il pu être aussi aveugle ?! C'était tellement évident ! Il était clair que la jeune démone avait un faible pour Golgotas ! Darius sentit la jalousie monter en lui et ce fut avec une joie mauvaise qu'il remarqua un renversement dans l'équilibre des forces. Les Ponce Pilate ne perdaient plus de terrain et un énorme joueur, sans doute le capitaine, progressait même au sein de sa mêlée. Lorsqu'il atteignit la première ligne des Rats Crevés, il se releva, énorme casque rouge aux cornes d'auroch, et envoya un formidable coup de tête à Zényrophon qui s'écroula en arrière sur Golgotas. Profitant de la déstabilisation de leurs adversaires, les Ponce Pilate prirent à leur tour l'avantage et enfoncèrent implacablement les Rats Crevés. Dans ce chaos de bras et de jambes, Le Gol hurlait comme un beau diable pour réorganiser ses troupes. À l'avant, il prit la place de Zényrophon qui, encore à moitié inconscient, fut relégué en queue de pack.

— Tu vas le payer cher, enfoiré ! lança-t-il au donneur de coup de boule.

Ce dernier se contenta de ricaner avant de brailler :

— ALLEZ ! ON ACHÈVE CES MINABLES !

Les joueurs du cercle de la Violence se mirent immédiatement en mode « cassage de gueule » et frappèrent fort de leurs poings gantés de fer. Les Rats Crevés encaissaient bravement mais reculaient tout de même. Ils allaient perdre les derniers mètres. C'était sans compter la hargne du Gol. Dans un effort monstrueux, ce dernier se projeta sur le capitaine des Ponce Pilate, agrippa les énormes cornes d'auroch et, de sa puissante mâchoire, le saisit à la gorge. La brute, surprise par tant de sauvagerie, asphyxiée par la pression sur son larynx, se jeta en arrière, détruisant la cohésion de son équipe. Les Rats Crevés profitèrent de l'aubaine et se vengèrent salement des coups reçus. Tel un groupe de bulldozer, ils écrasèrent les dernières résistances et touchèrent la première ligne de feu.

— TOUCH DOWN ! mugit l'arbitre avant de faire sonner sa trompe. Claqueur ! En piste !

Darius jeta un coup d'œil à Zorg qui rêvassait derrière les barrières du terrain et ramassa sa batte. Golgotas, la lèvre en sang, se rapprocha pour lui donner un dernier conseil – « Frappe comme un taré et fais-nous gagner une ligne supplémentaire ! » – et alla remettre à Arachnos la trogne suppliante. Darius inspira et expira profondément pour faire baisser la pression. Maintenant, c'était à lui d'assurer et il sentait presque physiquement le poids des dizaines de milliers d'yeux concentrés sur sa personne. Le regard de Lilith, lui, suivait le torse luisant de Golgotas et l'adolescent eut presque envie de lui balancer sa batte d'acier à la figure. « Concentre-toi Darius... », murmura-t-il à lui-même. L'attention fixée sur Arachnos, il tenta d'oublier Lilith et l'infernal tumulte du stade... C'était étrange d'ailleurs, car le silence venait de retomber brutalement sur le Léviathan. L'adolescent regarda autour de lui pour comprendre ce qui était en train de se passer et réalisa vite que plus personne ne se souciait du match. Tous les regards convergeaient vers la tribune royale qui n'était plus vacante. Là-haut, le Maître des Coquilles Vides s'asseyait en grimaçant un petit sourire satisfait tandis qu'autour de lui des princes et serviteurs faisaient de même, l'air aussi épanoui que des sorcières capturées par l'Inquisition. De son long bras de squelette, il fit alors un large geste, qu'il imaginait sans doute majestueux et que Darius trouva tout à fait ridicule, pour permettre au match de reprendre.

— Trop sympa... merci... maugréa Golgotas en se retournant vers le terrain.

Darius, lui, enfonça un peu plus son casque d'acier noirci et leva sa batte sans faire attention à Zorg qui s'agitait plus loin en utilisant la gestuelle universelle pour dire « Casse-toi, ça commence à puer ! ». Lentement, comme dans un rêve, Arachnos leva alors le bras au bout duquel pendait la trogne, il pivota tout en souplesse et, d'un coup sec comme la lanière d'une fronde, il la projeta vers Darius. Le claquement de la batte résonna alors dans les gradins où le calme s'attardait bizarrement et la trogne s'envola un instant avant de retomber... dans les bras d'un Ponce Pilate.

— DEUXIÈME ESSAI ! s'égosilla l'arbitre tandis qu'un ramasseur de tête tendait le chef d'un autre malheureux à Arachnos.

— Fais gaffe, tu vas te faire éliminer, putain ! lui lança Golgotas en ébullition.

— Mais ouais, mais ouais, je fais ce que je peux, grogna Darius en relevant une nouvelle fois sa batte.

Cependant, quelque chose l'empêchait maintenant de se concentrer. Une petite gêne au fond de son cerveau. Une tache à la périphérie de sa vision. Il souffla lentement, ferma un instant les paupières. Non, c'était toujours là, et ça grandissait dans son esprit. Une froidure inquiétante. Solide comme un tentacule... Terrifié, il se tourna vers la tribune royale où Croatoan l'observait en souriant. « Oui, je t'ai reconnu », semblait-il dire. « Je n'en ai pas tout à fait fini avec toi... »

Sans réfléchir à ce qu'il faisait, Darius lâcha sa batte et piqua un sprint vers les vestiaires et la sortie du stade. Il détala si rapidement que Golgotas n'eut même pas le temps de l'insulter ou de lui refiler une mandale. Dans les couloirs déserts, il n'entendait que le claquement de ses pas et les battements de ses cœurs qui lui bourdonnaient aux tempes. Il avait agi d'instinct sans savoir où aller. Il fallait juste partir, mettre le plus d'espace possible entre lui et Croatoan. Droit devant, la double porte qui menait dans la rue n'était plus qu'à quelques mètres. Peut-être qu'il passerait chez lui prendre des affaires et après il verrait. Il y était presque quand la porte s'ouvrit à la volée sur une poignée de morts-démons grimaçants. L'adolescent, incapable de ralentir sa course, fonça dans la chair molle et perdit l'équilibre. Des mains visqueuses l'agrippèrent et le maintinrent fermement au sol. Un vieillard au regard vide portant un énorme arthropode sur le crâne apparut alors près de lui. Il souriait comme une vieille folle distribuant des bonbons empoisonnés dans un jardin d'enfants.

— Ah ! Voilà le fameux petit curieux ! ricana-t-il en frottant ses vieilles mains.

Le gigantesque mille-pattes, lui, trépignait de joie.

Un choc violent derrière les cornes de Darius lui fit alors perdre connaissance.

16

Judith fixait toujours l'écran, devenu noir depuis un bon moment, lorsqu'un frisson glacé lui parcourut l'échine. Elle ramassa vite fait un pull qui traînait par terre et l'enfila sur son débardeur – manquerait plus qu'elle chope la crève – avant de se pelotonner sous sa couette. Elle glissa le téléphone sous son oreiller et se frotta vigoureusement les yeux : alors qu'elle aurait tout donné pour les oublier, cela faisait plus de vingt-quatre heures qu'elle ruminait les événements de la veille en boucle ! Pas de doute : son esprit était un petit pervers doublé d'un sacré masochiste ! Au matin, lorsqu'elle avait quitté Damien encore tout échevelé au volant de sa vieille caisse fumante, elle avait claqué la portière sans se retourner, s'était ruée dans les escaliers et enfermée chez elle. Enfin, « barricadée » plutôt. Elle avait tourné les deux verrous et bloqué l'entrebâilleur, et c'était uniquement à cause de son père qui se réveillait tranquillement, le nez dans son café crème à la table de la cuisine, qu'elle avait renoncé à déplacer le frigo devant la porte d'entrée. Ça aurait entraîné trop de questions… Après, Damien l'avait carrément harcelée en appelant et en rappelant encore comme un télévendeur aux abois. Au final, il avait dû comprendre qu'elle ne voulait pas parler mais il avait été aussitôt remplacé par Vladimir.

Saoulée, elle avait enclenché le mode avion pour essayer de dormir un peu. Le problème, c'était que dès qu'elle fermait les yeux, les images revenaient à l'assaut avec encore plus de vigueur. Elle se tourna dans son lit, du côté du mur. Marylin Manson la regardait de son œil vide, tirant une grosse langue bien rouge entre des dents en or. Elle se retourna dare-dare, elle n'avait pas besoin de ça… Elle regretta presque les posters de *Harry Potter* qui tapissaient sa chambre jusqu'à l'année dernière et sa nouvelle passion. Le moins qu'on puisse dire, c'était que ses parents n'avaient pas vu arriver le changement d'un très bon œil. Le gothique, pour eux, c'était juste glauque et malsain. Ils n'entendaient rien à l'esthétique, au romantisme noir, au rock n'roll (pas la musique, l'esprit) inhérents au mouvement et ne voyaient que des jeunes qui se déguisaient en vampire en écoutant des groupes de merde. Mais peut-être que ses parents, vieux mais pas si cons, avaient en partie raison. Peut-être que baigner dans cette imagerie si particulière commençait à lui taper sur le système. Alors ok, elle n'était pas comme Vladimir, qui raffolait d'histoires sordides, ou comme Seb, qui pensait réellement être en contact avec l'esprit des morts, mais quand même. Il était encore temps de se reprendre en main avant de devenir complétement cinglée ! Sa décision était prise ! Elle envoya valdinguer la couette et, d'un bond sur son matelas, arracha l'affiche du chanteur de métal. Satisfaite, Judith alla ensuite dénicher un gros carton dans sa penderie et y balança sa collection de têtes de morts, sa planche de Ouija, et, après un temps d'hésitation, son intégrale *The Walking Dead*. Ça allait déjà mieux, elle le sentait. Tous ces trucs qu'elle avait crus voir, c'était clairement dans sa tête. Maintenant, il était temps de s'attaquer aux fringues ! Elle retournait vers sa penderie, une main vengeresse armée d'une grosse paire de ciseaux, lorsqu'un petit bruit l'arrêta au milieu de sa chambre. Encore un crépitement, là, à la fenêtre.

— Qu'est-ce que c'est encore que ce bordel... ? soupira-t-elle en avançant une main tremblante vers les voilages toujours tirés.

Elle s'attendait presque à voir le visage de la chose cachée derrière la camionnette Volkswagen, son nez visqueux collé à la vitre, de la chair entre chaque dent noirâtre. D'un geste sec et rapide qui lui rappela sa dernière séance d'épilation, elle ouvrit un pan de rideau pour découvrir, en contrebas dans la rue, la pauvre tronche de Vladimir qui souriait en lui balançant des graviers.

— Quel relou ! grogna-t-elle en se détournant. Ils peuvent pas me lâcher cinq minutes ?!

Épuisée de fatigue, elle revint alors vers son lit, laissant son pseudo-Roméo sur le pavé, et alluma la radio. « Parfait ! pensa-t-elle en reconnaissant un vieux tube de Lady Gaga. C'est exactement ce dont j'ai besoin ! ». Avec un petit sourire, elle se laissa même aller à fermer les yeux. Malheureusement, ni ses murs nus, ni le refrain de *Poker Face* ne l'empêchèrent de retourner dans la zone industrielle. Là-bas l'attendait le monstre en imperméable gris et, derrière lui, le corps humain qui lui servait de pitance et qui bougeait encore...

17

Lorsqu'il reprit connaissance, Darius était plongé dans l'obscurité et son crâne endolori lui faisait souffrir le martyr. Il avait, de plus, une forte envie de vomir malgré son estomac vide. Ce fut donc avec mille précautions – au moindre mouvement, il était assailli de vertiges – qu'il réussit à se glisser en position assise en dépit des chaînes qui l'entravaient et des menottes d'inhibition qui enserraient ses poignets. Comme ces dernières le privaient de son pouvoir sur le feu, il tâtonna autour de lui comme un aveugle, découvrant un sol de pierre glacé, rendu lisse par l'érosion d'un millénaire de déambulations, et de petites crottes rondes comme des billes qui trahissaient la présence de chauve-rats, ces petits vampires des profondeurs. À une distance difficile à évaluer dans les ténèbres, il entendait des articulations qui craquaient, des soupirs et parfois un cri si désespéré qu'il lui donnait la chair de poule. Petit à petit, les événements du stade Léviathan revinrent à la mémoire du jeune démon saisi d'effroi : s'il était entre les mains de Croatoan, il devait probablement se trouver dans les prisons royales ! Il se souvint alors de ce que l'on disait sur ce vaste système de galeries dans les profondeurs du palais. Un réseau si étendu que l'on pouvait aisément vous oublier pour l'éternité. Un environnement si hostile que des formes de vie primitives y avaient évolué pour devenir de véritables cauchemars ambulants se repaissant des prisonniers affaiblis.

Le bruit d'un frottement proche le fit se relever trop vite. L'étourdissement qui s'ensuivit manqua le remettre aussitôt au tapis mais un mur providentiel lui permit heureusement de se rattraper in-extremis. Il fallait qu'il se calme, même si la perspective de rester dans ce noir absolu aurait de quoi faire péter les plombs à n'importe qui. Le pire, c'était que l'alternative n'était pas plus enviable. Pourrir ici ou se faire arracher les cœurs par le Grand Prêtre et devenir un pantin entre ses mains ? Difficile de trancher. Pourtant, peut-être qu'il n'aurait pas à y réfléchir trop longtemps car, il en était quasi certain, le frottement venait de se rapprocher sur sa droite. Il se raidit, se plaqua contre le mur pour ne pas être attaqué dans le dos et, une main sur la bouche, essaya de faire le moins de bruit possible. Malheureusement, dans le silence devenu plus dense que l'ombre, sa respiration lui semblait aussi discrète qu'un moteur de locomotive à vapeur lancée à pleine vitesse. Pour une créature du sous-sol, il devait être encore plus visible qu'un feu de forêt par une nuit sans lune ! Tant pis ! Défiant l'obscurité, il dévoila ses dents acérées vers le frottement gras qui s'intensifiait et, tirant sur ses liens, prit une posture d'attaque. Cependant, la chose, si elle avait des yeux, ne paraissait guère impressionnée par le bluff de Darius. Elle continuait à avancer vers lui avec un bruit de succion

immonde qui enflamma l'imagination de l'adolescent. Il se représenta une limace visqueuse de deux mètres de haut avec une grosse ventouse avide en guise de museau... Il se préparait psychologiquement au contact de cette dernière sur son bras lorsqu'une lueur diffuse, si faible au départ qu'il n'osa guère y croire, lui permit soudain de discerner les contours de ses mains, tendues devant lui. Le frottement s'arrêta alors et il aperçut une forme sombre et chuintante s'éloigner dans la noirceur. Puis, la clarté gagnant lentement en intensité, Darius découvrit peu à peu le tunnel où on l'avait laissé inconscient, à la merci de n'importe quel prédateur. Un sol de basalte, des parois de terre rouge, un trou noir à droite et à gauche une lumière qui dansait et s'amplifiait ! Elle s'accrut même jusqu'à devenir une flamme aveuglante qui lui brûlait les yeux, tenue à bout de bras par un vieil homme qui n'en était pas vraiment un. Sur son crâne, un mille-pattes gigantesque jouait au marionnettiste tandis que deux énormes démons le suivaient, l'arme à la main. Arrivé près de lui, le sinistre porteur de lumière leva sa torche et observa Darius un instant avant de déclarer d'une voix moqueuse :
— Tu es bien réveillé ! Tant mieux, tant mieux... Je m'appelle Scutigera et je suis chargé de te conduire jusqu'au nouveau maître des Enfers... J'espère que tu es bien conscient de l'honneur qui t'est fait ? ajouta-t-il en ricanant.

Puis, d'un mouvement d'antenne, il ordonna aux deux molosses de l'emmener. Des mains aussi larges que des battoirs défirent ses chaînes, agrippèrent l'adolescent et l'entraînèrent à la suite de Scutigera, dont la carapace luisait sur son perchoir humain. Serrant les dents pour ne pas crier et exciter ses geôliers – leur étreinte était si puissante qu'il sentait presque ses os se fracturer – Darius remarqua tout de même leur étrange expression. À la lueur dansante de la torche, leur visage impassible et creusé, leur regard vide au fond d'orbites sombres... C'étaient bien les stigmates de l'armée des morts de Croatoan ! Cette dernière révélation éteignit l'ultime lueur d'espoir qui vacillait encore dans les cœurs de Darius. Le cauchemar – comme souvent en Enfer – était devenu réalité et sa fin était non seulement proche mais surtout, et c'était bien ça le pire, inéluctable. Perclus de douleur, harassé de fatigue et complètement anéanti, l'adolescent se laissa traîner sur des kilomètres de galeries, trop abruti pour écouter le long monologue de Scutigera qui déblatérait allègrement sur l'histoire et l'architecture du palais. Après ce qui lui sembla plusieurs siècles, ils débouchèrent finalement sur un escalier de pierre bien éclairé, gardé par un énorme chien à trois têtes. Ce dernier s'approcha en grognant de ses triples babines retroussées avant de se soumettre au parasite.

— C'est très bien, fils de Cerbère, ricana Scutigera, laisse-nous donc passer...

Une ascension interminable succéda alors aux galeries de la prison et ce fut presque avec soulagement que Darius se retrouva tout à coup jeté dans la salle du trône – il avait plusieurs fois perdu connaissance durant la traversée du palais – face à Croatoan qui l'observait avec une feinte tranquillité. Bêtement heureux que son sang circule à nouveau le long de ses bras meurtris, le jeune démon évita le regard à la fois sinistre et perçant du Grand Prêtre.

18

Il se trouvait pour la première fois à l'intérieur de l'édifice royal et c'était surtout l'obscurité qui y régnait qui le troublait. Pourtant, des centaines d'âtres si vastes qu'on aurait pu y rôtir des bœufs entiers s'alignaient le long des murs gigantesques, mais aucun n'était allumé. Comme s'il lisait dans les pensées de Darius, le maître des Enfers se leva et désigna les foyers d'un vague geste de la main.

— Ils sont éteints depuis des siècles et aucun feu ne peut y brûler, continua-t-il en s'approchant de l'adolescent. Je ne peux cependant pas dire que je le regrette. Vois-tu, jeune démon, je ne suis pas une créature du feu comme notre regretté Lucifer. Je suis un être de l'ombre. Ceci dit, je dois bien convenir qu'on n'y voit pas grand-chose... Que veux-tu, j'aime ménager mes petits effets.

Après avoir tourné autour de Darius, toujours prostré sur le sol, Croatoan retourna près de son trône, souriant de ses gencives grises.

— Mais ne soyons pas cruels et éclairons un peu la scène, ordonna-t-il à Scutigera qui alluma quelques torches, illuminant ainsi tout un pan de la noire muraille. Et découvrons l'ensemble des protagonistes de ce drame !

Darius en eut le souffle coupé. Le cou, les poignets et les chevilles attachés au mur par de lourdes chaînes de plomb, son père, dont la nudité laissait paraître de nombreuses cicatrices récentes, le fixait avec intensité. À côté du Comte, et dans la même fâcheuse position, son frère Lavinius éructait littéralement de rage :

— Tu peux chanter victoire et jouer au souverain des Enfers mais personne n'est dupe, moinillon ! Bientôt, mes armées viendront te remettre à ta médiocre petite place !

Croatoan partit alors d'un rire strident qui fit frémir Darius :

— Hahaha ! Quelle fougue, Lavinius ! Quelle fougue ! C'est impressionnant ! Surtout après être passé entre les pattes de ce cher Scutigera...

Le Maître des Coquilles Vides s'avança vers le prisonnier.

— Cependant, vous vous fourvoyez totalement : vous mettre ainsi en avant comme si vous étiez le héros de la scène... alors que vous êtes seulement... L'EXEMPLE !

D'un geste presque imperceptible, il enfonça son bras dans la bouche de Lavinius dont les hurlements étouffés rappelèrent à Darius d'autres cris, place de la Discorde. La tête entre ses genoux blessés, l'adolescent serra les paupières à s'en faire mal. Quelques instants plus tard, sous le regard sidéré du Comte, ce qui restait du bouillant Lavinius se prosterna devant Croatoan comme un esclave fidèle.

— Voilà pour l'avertissement ! Bien qu'il ait un petit parfum de déjà-vu pour le jeune Darius... C'est malheureusement ce qui vous attend si personne ne répond à mes questions.

L'adolescent n'en croyait pas ses oreilles. De quoi Croatoan pouvait-il bien parler ?!

— Commençons par toi ! continua le Grand Prêtre, les lèvres déformées par un rictus moqueur en regardant Darius. Désolé si je n'ai pas de divan mais j'aimerais que tu me parles de ta mère...

Le jeune démon allait de surprise en surprise.

— Ma mère, ô Croatoan ? Mais pourq...

— Qui est-elle ? le coupa-t-il.

— Une succube, Majesté... Une moins que rien d'après mon père. Je ne l'ai jamais rencontrée !

— Tiens donc ? s'étonna Croatoan avec ironie. Comme c'est pratique... Et tu ne connais évidemment pas son nom ?

Sans attendre la réponse de Darius, le maître des Enfers se tourna vers le Comte qui était resté coi depuis le début.

— À votre tour, Octavius ! Le jeune démon a l'air de tomber des nues, ce qui veut dire que malgré votre ivrognerie notoire vous savez garder un secret ! Il y a chez votre fils le germe d'une puissance qui vous est complétement étrangère. Je vous le demande donc une dernière fois : si cette force n'est pas de vous, de qui provient-elle ?

Son père renifla d'un air mauvais et toisa Croatoan de toute sa hauteur.

— Sa mère était une traînée du cercle de la Luxure et Darius ne connaît pas son nom car moi-même je l'ai oublié. Quant à ce bon à rien, il a autant de pouvoir que ma dernière diarrhée alors lâchez-nous les miches et retournez jouer à vos osselets, ô Grand Prêtre de la Mords-moi le nœud !

Pas de doute, c'était bien là du Comte tout craché. Sa poésie de cul-de-bas-de-fosse et son mépris, qui avait tant fait souffrir Darius. Pourtant, derrière ses mots dégradants, l'adolescent, qui le connaissait par cœur, sentait poindre quelque chose de nouveau. Sous la bravade et les insultes, s'insinuait indubitablement de la peur. Il la lisait dans les petites gouttelettes qui perlaient au front de son père comme à ses coups d'œil fiévreux. La peur que l'on s'en prenne à son fils. Pour le jeune démon, c'était un sacré choc. Croatoan, qui avait l'habitude qu'on lui cire les pompes, lui, était à deux doigts de perdre les pédales.

— Vous savez, Octavius, je crois que vous ne me distrayez plus du tout, déclara-t-il d'une voix posée qui était bien pire qu'une menace. Le jeune Darius ici présent ne sait rien et vous, vous ne parlerez visiblement jamais... Nous sommes dans une impasse. Pourtant, reprit-il avec une joie mauvaise, mon fidèle Scutigera m'assure qu'il y a d'autres moyens de connaître la vérité. Par le corps, ajouta-t-il en fixant le Comte. Par la dissection...

Le père de Darius éclata alors d'un gros rire qui ne leurra absolument personne :

— Mon bon Croatoan, je vous en prie... Coupez-moi en rondelles si ça vous fait plaisir mais par pitié abrégeons cette conversation ! Vous êtes d'un ennui !

— Mais je ne parlais pas de vous, répondit le Grand Prêtre, l'air triomphant, en regardant Darius qui, comprenant ce qui l'attendait, fut pris d'un nouveau vertige.

— Écoute-moi bien, saloperie ! Tu n'as pas intérêt à toucher à mon fils si tu ne veux pas que je broie chacun de tes os pour en faire des aphrodisiaques chinois !

Dans les cœurs de Darius prêts à exploser, une foule de sentiments contradictoires s'entrechoquaient violemment :

la joie de constater l'attachement de son père et la peur que cela soit un adieu. Il avait envie de le sauver. Il avait envie de le frapper. Mais plus que n'importe quoi, il avait besoin de lui parler. De rattraper toutes ces années de violence et d'indifférence. De pouvoir enfin... Mais les pensées de l'adolescent furent brutalement interrompues par le geste foudroyant de Croatoan qui arracha un premier cœur de la poitrine de son père.

— Mais oui, mais oui, Octavius, riait-il comme une gamine qui a absorbé trop de sucre, on y pensera !

Darius se releva d'un bond pour se jeter sur le maître des Enfers, mais des mains puissantes le retinrent implacablement.

— LÂCHEZ-MOI, BANDE D'ENFOIRÉS ! ET TOI, cracha-t-il à Croatoan, LAISSE MON PÈRE, SALE CONNARD !

Mais ce dernier se contenta de rire de plus belle, ravi de la tournure mélodramatique que prenaient les événements, et arracha un deuxième cœur.

— PAPA ! PAPA! hurlait l'adolescent. PAPA !

Le Comte se tourna alors vers son fils et ne le quitta plus du regard jusqu'à la fin. Jusqu'à ce que le dernier cœur lui soit retiré et que ses yeux se vident. Darius ne pouvait pas y croire, c'était terminé, il ne reverrait plus jamais son père. Le fier Comte Octavius du cercle de l'Orgueil n'était plus qu'une coquille vide qui se balançait doucement, pendue à ses chaînes. Quelque chose de redoutable commença alors à brûler les entrailles du jeune démon. Un mélange de haine, bien sûr, et de colère, mais auquel s'ajoutait une vague de tristesse, un regret si énorme qu'il allait faire exploser sa poitrine. Face à ce père qui n'était plus qu'une ombre et à

Croatoan qui s'amusait du pitoyable spectacle, Darius laissa cette force se libérer en un râle de fureur et d'amertume qui se répercuta entre les colonnes immenses. Un cri qui, en un instant sublime, ralluma l'ensemble des âtres de la salle du trône dans une explosion de feu. À Pandémonium, tous les démons s'arrêtèrent, subjugués devant le palais royal qui venait de se rallumer après des siècles d'obscurité. Le Grand Prêtre de la Mort, lui, avait perdu son air supérieur et Darius eut la joie sauvage de lire la crainte inscrite sur son visage de cadavre, illuminé par le brasier. L'adolescent sentait maintenant la puissance affluer en lui, si grande, si jouissive, qu'il s'imaginait pouvoir briser Croatoan dans le creux de sa main. D'ailleurs plus personne ne le retenait : ses tortionnaires n'étaient plus que deux petits tas de cendres. Il était temps d'en finir. Il s'approcha du maître des Enfers qui répétait comme un dément, affalé sur le trône :

— Ce n'est pas possible. Ce n'est pas possible !

« Tu vas voir si ce n'est pas possible... », pensa Darius avec cruauté. Mais il était si focalisé sur sa proie qu'il ne remarqua même pas le misérable homme-mille-pattes qui rampait derrière lui. Une douleur fulgurante explosa dans son crâne déjà endolori. La puissance s'évanouit, en même temps que le monde autour de lui.

19

Au-dessus du tableau noir, l'horloge avançait au ralenti et la grande aiguille semblait décidée à ne jamais atteindre le douze. Les yeux rivés sur le cadran, Vladimir avait quant à lui bien du mal à rester en place. Il avait plié l'examen de trigonométrie depuis près de trois quarts d'heure mais était condamné à ronger son frein, coincé sur sa chaise, à regarder cette satanée horloge qui ne bougeait pas, ou à observer ses camarades de classe qui transpiraient à grosses gouttes, sûrement sur ce dernier problème bien costaud. À côté de lui, la place de Damien était vide et ça le rendait particulièrement agité. Rater l'exam de fin d'année n'était vraiment pas malin et il espérait que son pote avait une excuse en béton pour pouvoir espérer une séance de rattrapage. C'était du sérieux et Vladimir le savait bien. Il avait conscience qu'avec son style, ses piercings, son maquillage occasionnel, les gens le prenaient soit pour un débile, soit pour un « freak ». Il avait pourtant très bien compris quelle était sa porte de sortie. Il n'avait pas de parents aisés comme les autres, il n'avait pas de relations. Lui, s'il voulait s'échapper de sa banlieue pourrie, s'arracher au papier peint déchiré, aux murs glauques gonflés d'amiante, au lino taché de la sauce tomate des raviolis mangés à même la boîte, c'était par les études qu'il y arriverait. Heureusement, il était plutôt bon et de nombreuses grandes écoles étaient déjà intéressées par son profil s'il conservait sa très bonne moyenne. Et même si, au fond, ça lui faisait mal de rentrer dans le rang et de jouer le jeu de la société, pas question de rester un loser toute sa vie ! Pour patienter, il se fourra une Nicorette dans la bouche sous le regard mi-sévère, mi-amusé du prof de maths. Avoir un gamin captant quelque chose à son cours était si inespéré qu'il le considérait presque comme son fils spirituel.

Si Vladimir s'écoutait, il balancerait bien une de ses pompes coquées sur cette maudite horloge ! Non, pour être honnête, le truc qui l'agaçait vraiment depuis ce matin, c'était Judith. Non seulement cette garce l'avait clairement ignoré hier – la meuf l'avait vu faire le guignol en bas de chez elle et s'était détournée de la fenêtre sans un geste, ni merci, ni merde ! – et puis ce matin... Ce matin ! Finies la teinture noire, les fringues cools et les têtes de morts. C'était bien simple, il ne l'avait carrément pas reconnue. Des cheveux blonds de cheerleader, un jean bleu délavé bien passe-partout, et au lieu de son éternel t-shirt moulant noir à tête de mort, une espèce de truc informe et gris qui devait être un chemisier... Mais le pire c'était qu'elle les avait complétement ignorés. S'il n'y avait pas eu cet exam, il l'aurait prise direct entre quatre yeux. Il espérait bien que Seb et Charlie avaient commencé l'interrogatoire sans lui ! Avec un soupir de soulagement qui ressembla à un râle, Vladimir accueillit la sonnerie comme un paysan éthiopien la pluie et se leva d'un bond afin de rendre sa copie – clin d'œil complice du matheux – avant de se barrer vers le réfectoire. Là, dans la grande salle qui résonnait déjà du bruit des couverts et des conversations mêlées, il remarqua direct Judith assise à côté de vagues abrutis de l'équipe de foot tandis que Seb et Charlie étaient installés à leur table habituelle. Plutôt que de demander tout de suite des comptes à son amie, il préféra aller voir les deux autres en premier.

— C'est quoi ce bordel avec Judith ? demanda-t-il sans préambule. Vous lui avez parlé ?

— On a essayé, ouais, grogna Seb d'un air mauvais, mais elle veut pas nous répondre !

— Elle ne veut plus rien avoir à faire avec nous, j'te jure que ce sont ses propres mots, ajouta Charlie avec un sourire amer. Cette nana est complétement dingue... T'as vu Damien ?

— Non, ce con a raté l'exam et impossible de le joindre depuis le concert. J'ai même cru qu'il leur était arrivé un truc grave !

— Vu la tronche de Judith, c'est le cas, ricana Charlie qui avait toujours du mal avec les filles.

— Bon... À mon tour alors ! déclara Vladimir.

Avec sa dégaine glam-rock et les cliquetis de ses bottes et de ses chaînes, il ne passait pas inaperçu et toute la tablée le regarda arriver. Son amie, elle, restait super concentrée sur ses petits pois. Il se posta alors devant elle et attendit, les bras croisés, que celle-ci daigne lever la tête. Ce qu'elle fit après un long moment bien tendu.

— Qu'est-ce que tu me veux ? cracha-t-elle, sur la défensive.

— Te parler. Savoir ce qui s'est passé pour que Damien et toi jouiez aux abonnés absents. Puis comprendre ce changement de style... ajouta-t-il en la regardant de haut en bas.

— Eh bien moi, je n'ai pas envie de discuter !

Un footeux qui voulait se la jouer chevaleresque se retourna alors en bombant le torse.

— T'as juste perdu une adepte, The Crow ! Maintenant, laisse tomber et retourne à ta table de dégénérés avant que je m'énerve !

Vladimir ne put retenir un petit sourire. De façon théâtrale, il inspira profondément et sortit Janice de sa poche. Le coup de poing américain couvrait largement chacune de ses phalanges et – ultime détail – l'acier mat était maculé de petites taches de sang séché.

— Tu disais, connard ? siffla-t-il, la mâchoire serrée. Casse-toi ou je te promets que ton dentiste va faire de toi son nouveau projet !

Le type, pas téméraire, se trouva aussitôt des trucs importants à faire et s'éclipsa avec quelques-uns de ses potes qui marmonnèrent des « taré ! » sans pour autant relever les yeux de leur assiette. Le départ du rigolo et de son escorte avait laissé la place à Vladimir pour s'asseoir devant Judith.

— Je te lâcherai pas tant que tu n'auras pas vidé ton sac, ma poule, déclara-t-il avec une fermeté de vieux complice. Si tu ne veux pas me revoir, crache le morceau…

Les yeux de Judith s'embuèrent alors soudainement. Elle les cacha vite derrière un rideau de cheveux bouclés. « Merde, pensa Vladimir, si ce con de Damien a déconné, je le pulvérise ! »

— Damien… t'a… t'a fait du mal ? murmura-t-il, la boule au ventre.

D'abord incapable de répondre, elle lui fit signe que non puis, après une profonde inspiration :

— Je ne sais pas ce qu'on a vu... Damien et moi... Mais j'ai peur maintenant et... J'ai juste trop peur...

— Mais quoi ? Vous avez vu quoi ? insista Vladimir dont la curiosité grandissait.

— Je ne sais plus vraiment... C'est sans doute dans ma tête... Je deviens cinglée...

— Non, non, non ! la coupa son ami. Tu n'es pas folle et je parie que Damien n'est pas là car il a vu la même chose que toi !

Il prit sa main qui tremblait à côté de son yaourt à la fraise.

— Ce soir, après les cours, on va tous chez lui et on découvre le fin mot de l'histoire.

Elle lui serra doucement les doigts et il prit ça pour un « oui ».

20

Lorsque Darius ouvrit les yeux, un dragon gigantesque lui faisait face et ouvrait grand une gueule pleine de dents acérées. Un involontaire mouvement de recul lui fit alors prendre conscience qu'il était allongé et totalement immobilisé. Ce sursaut de frayeur passé, le jeune démon finit par percuter que le grand serpent au plafond n'était qu'une peinture mais qu'un autre monstre, bien réel celui-là, s'activait à côté de lui. Sans prêter attention à Darius, Scutigera chantonnait d'ailleurs gaiement et disposait sur une petite table tout un panel d'instruments métalliques rutilants, allant de la simple aiguille à l'étrange paire de ciseaux, en passant par le banal scalpel... Malgré son crâne endolori, il ne fallut pas longtemps à Darius pour comprendre ce qui se préparait. Il tenta alors une nouvelle fois de se relever mais ses liens ne faisaient pas seulement preuve de solidité ; ils lui infligeaient une sorte de douleur sournoise qui s'amplifiait sérieusement dès qu'il s'aventurait à bouger. Scutigera, toujours le dos tourné, ricana nerveusement :

— Agite-toi autant que tu veux. Tu peux même nous refaire le coup des illuminations de la salle du trône si ça te chante, tu ne pourras jamais te libérer. Ces liens sont une sainte relique, ajouta-t-il d'une voix dans laquelle le mépris se disputait à la terreur. L'archange Michel l'aurait bénie pour capturer Satan lui-même. Aucun démon ne peut supporter son contact bien longtemps...

Il se retourna vers Darius et lui présenta les vieilles mains usées et couvertes de taches brunes de son esclave.

— Ces dernières peuvent me permettre de manipuler un tel pouvoir. Leur humanité les protège... Toi aussi d'ailleurs tu as l'air de bien supporter ces liens qui feraient hurler de douleur n'importe quel ange déchu... Tu es décidément bien étrange...

Puis, avec espièglerie, tout en disposant sur le plateau un dernier petit couteau à la lame en forme de faucille :

— J'ai vraiment hâte d'aller au fond des choses avec toi ! Patience, patience... Croatoan ne devrait plus tarder...

Dans l'esprit de Darius, ça tournait à cent à l'heure. S'il ne voulait pas finir en chapelet de saucisses, il avait intérêt à trouver une solution, et vite ! La pièce était petite, elle avait de grandes fenêtres sans carreaux qui donnaient directement sur le Fleuve de Feu, la luminosité de la lave en fusion rendait ainsi presque inutiles les chandeliers qui brûlaient aux quatre coins. Impossible de fuir par-là, donc. Il ne restait plus que la lourde porte d'acier derrière Scutigera. Cela voulait dire se débarrasser de l'homme-mille-pattes et prendre la fuite dans les couloirs du palais rempli de soldats à la solde du Grand Prêtre, sans même savoir où aller... Tout ça bien sûr s'il arrivait d'abord à se libérer des liens conçus par le Paradis lui-même. C'était dur parfois de ne pas se laisser aller au désespoir... Scutigera, attiré par la désolation comme le papillon de nuit par les flammes, se pencha vers Darius avec délectation.

— Tu commences à comprendre que tu n'as aucune chance. C'est bien. Tout à l'heure, tu nous as fait tellement peur, glousssa-t-il subitement sans retenue. C'était comme si Lucifer lui-même avait soudain débarqué parmi nous. Je n'avais jamais vu Croatoan faire cette tête ! Mais ce n'était que toi. Une bosse sur la caboche et, « pfff », fini... Pauvre, pauvre Darius. Rassure-toi ; tu vas bientôt rejoindre papounet...

Darius allait répliquer plutôt vertement lorsque de grands coups résonnèrent à la porte. Scutigera se redressa comme un bon chien-chien et se précipita sur la serrure, une clef à la main.

— Quand on parle du loup-garou... commença-t-il en tirant le lourd battant. On en voit la...

Il n'eut pas le temps de finir sa phrase que la porte, violemment poussée, s'écrasa sur son arrête nasale et le projeta jusque sur Darius qui sentit les antennes du monstre lui chatouiller le visage. L'adolescent n'en croyait pas ses yeux. Le meilleur restait pourtant à venir : après le choc initial surgirent dans la salle de torture Le Gol, tout en muscles saillants et narines fulminantes, et Zorg, égal à lui-même, qui referma aussitôt la porte derrière eux. Dans un même mouvement et sans permettre à Scutigera de reprendre ses esprits, Golgotas chopa alors la vile créature par le col et, d'une main ferme, arracha l'énorme mille-pattes du crâne du vieil homme avant de le balancer presto par la fenêtre, directement dans le Fleuve de Feu. Tout cela avait été si rapide, si inattendu, que Darius était resté muet jusqu'à ce que son cousin s'approche de ses liens.

— Non ! Ne touche surtout pas ! C'est une sainte relique !

Golgotas retira aussitôt ses mains comme s'il avait presque manqué les fourrer dans un bénitier. À ses côtés, avachi sur le sol, le vieil homme débarrassé du parasite hurlait comme un dément en se tenant la tête.

— Il a perdu l'esprit, constata platement Zorg. Un simple mortel n'est pas fait pour se réveiller bien vivant en Enfer... Tu devrais abréger ses souffrances, Golgotas. Quant à ces liens, continua-t-il, je pense pouvoir m'en occuper. Je ne suis pas un démon après tout...

Comme s'il avait décidé d'écouter le conseil du zombie, le malheureux se jeta à son tour dans la lave avant que Le Gol ait pu faire un geste vers lui. Zorg, imperturbable, dénouait prestement les nœuds sacrés.

— Nous n'avons pas beaucoup de temps... Peux-tu courir ?

— Euh... Oui, bien sûr ! Mais comment vous avez...

— Pas le moment de se raconter nos vies, le coupa Golgotas en choisissant une petite dague près du chevalet de torture. Faut se bouger !

Ils empruntèrent un immense couloir, le long duquel une multitude d'armures étincelaient à la lueur des bougies. À chaque instant, Darius s'attendait d'ailleurs à ce qu'elles prennent vie et les encerclent en ricanant. Heureusement, elles restèrent inanimées et ils débouchèrent dans une grande salle où la statue d'un ange recouverte de cendres trônait en son centre. C'était un véritable chef-d'œuvre : le séraphin semblait prêt à s'envoler à n'importe quel moment. Puis ils s'arrêtèrent quelques minutes devant une porte close derrière laquelle des voix résonnaient bruyamment. Ils attendirent qu'elles s'éloignent pour pénétrer dans une galerie ouverte qui donnait au-dessus de la salle du trône. En bas, ils pouvaient voir Croatoan aux prises avec une poignée de nobles.

— ... Vous ne pouvez pas le nier, ô Grand Prêtre, le palais s'est rallumé ! Tout Pandémonium en a été témoin ! Cela veut dire que Lucifer est revenu !

Le Maître des Coquilles Vides eut un rire sinistre :

— Vous divaguez mon cher Belzavis ! Vous voyez bien qu'il n'y a que moi ici ! C'est seulement mon immense pouvoir qui s'est manifesté !

— Avec tout le respect que je vous dois, ô Votre Majesté, répliqua l'autre, hésitant, seul le Porteur de Lumière est capable de...

— Très bien, soupira Croatoan d'un air désolé. Ma patience vient d'atteindre ses limites ! Je crois que vous avez oublié que l'Enfer n'a jamais été une démocratie. GARDES ! ANÉANTISSEZ-LES !

Une horde de morts-démons sortirent de l'ombre et se jetèrent sur les nobles dans un silence absolument terrifiant. Darius, fasciné, sentit une solide bourrade sur son épaule.

— C'est le moment de bouger ses fesses ! souffla Golgotas, bien énervé.

Suivant son cousin, ils traversèrent sans bruit la galerie et descendirent un escalier qui menait à des écuries. Là, un carrosse marqué aux armoiries de la famille Lavinius attendait, ses énormes chevaux noirs hennissants d'excitation.

Zorg monta le premier, suivit de Darius. Golgotas referma la portière derrière son cousin.

— Qu'est-ce que tu fais ? s'écria alors l'adolescent à travers la petite fenêtre.

— Personne ne me recherche et j'ai d'autres projets à Pandémonium. Toi, en revanche, tu files te planquer au manoir Gore pour commencer... Après, on verra.

Le Gol allait claquer la croupe d'un de ses étalons pour lancer la calèche, lorsque la main de Darius l'arrêta.

— Attends ! Il faut que je te dise ! Ton père...

— Je sais, répondit-il sans le regarder. Allez ! Soyez prudents !

Les chevaux s'élancèrent alors sur une route pavée de bonnes intentions, laissant derrière eux le palais, plus sombre que jamais.

21

Dans le carrosse qui filait à vive allure hors de Pandémonium, Darius s'écroula de fatigue sur les coussins de satin noir. Depuis la demi-finale de headball, il ne s'était finalement écoulé que quelques poignées d'heures mais le stade Léviathan lui semblait pourtant appartenir à un très lointain passé. Il repensait au dernier regard de son père, à la profonde tristesse et au pouvoir qu'il avait ressentis. Cela ajouté à la terreur de la prison et à la séance de torture – heureusement avortée – de Scutigera, c'était beaucoup pour un seul démon ! Même s'il était loin d'être sorti d'affaire, le confort de la voiture et son cahotage régulier l'invitaient au sommeil. De son côté, Zorg, bien moins décontracté qu'à l'habitude, scrutait le paysage, ses lunettes collées à la fenêtre. Le long de la route 666, l'architecture de la capitale se transformait peu à peu. Les grands bâtiments officiels et les luxueux appartements du centre laissaient déjà la place à des constructions plus modestes ; les entrepôts de stockage des âmes, la grande banlieue et son lotissement infini de maisons rouges – en réalité, de simples cubes sans fenêtre – de plus en plus gangrénée par les bidons-villes. Le zombie sortit alors de son inquiète contemplation pour se tourner vers Darius qui, les yeux mi-clos, s'abandonnait déjà aux douces caresses de Morphée.

— Combien de temps, à ton avis, avant qu'il nous prenne en chasse ?
— Je ne sais pas... soupira le jeune démon en se redressant sur sa banquette. Quelques jours dans le meilleur des cas. Croatoan va d'abord me chercher à Pandémonium avant d'étendre ses recherches et de penser au manoir Gore. Pour le moment, j'imagine que tu peux te détendre...
— Certes, marmonna Zorg, dubitatif. Tu vois les Monts de la Trahison vers lesquels nous nous dirigeons ? Une fois que nous les aurons dépassés, la route deviendra un véritable coupe-gorge : les créatures de l'Abîme qui s'y aventurent parfois, les bandes de Brutus l'Empailleur bien sûr, sans compter les armadragons qui ne rechignent pas à un petit pique-nique sur la terre ferme...

Darius regarda s'avancer la masse sombre du relief avec fascination. Le plus haut sommet, le Pic de Dante, se perdait à plus de vingt mille mètres d'altitude, et point de neiges éternelles pour l'illuminer. Point de végétation non plus, mais de la pierre noire à perte de vue. Sa vision s'évanouit dans une obscurité complète : le carrosse venait de s'engouffrer dans le tunnel qui traversait la montagne de part en part avec une telle vitesse que l'effet piston fit grimacer Darius.
— Argh ! Mes oreilles, par Satan !
— Les aléas d'avoir un corps en vie, gloussa Zorg, épargné. Golgotas m'a assuré que cet attelage était le plus rapide de ses écuries. De véritables juments de Diomède[7] !

---

7. Diomède, roi de Thrace, nourrissait ses juments de la chair de ses hôtes. Ces animaux, puissants et rapides, avaient plutôt mauvais caractère.

— Avec de tels champions, pas de risque de se faire arrêter par des tueurs ou gober par un armadragon alors...

— MOINS de risques, c'est sûr, corrigea le zombie d'un ton professoral. Le risque zéro n'existe malheureusement pas... surtout en Enfer !

Au grand soulagement des deux amis, les soldats de la garnison infernale établie à la sortie du tunnel les laissèrent passer avec indifférence et, déjà, la voiture émergeait du ventre de la montagne, laissant derrière elle Pandémonium. La lumière bleutée du cercle de la Colère envahit alors l'habitacle en même temps qu'une violente bourrasque les déportait à droite de la route. Cette partie des Enfers était en effet sujette à d'effroyables tempêtes qui ne se calmaient jamais, érodant le sol gris et ployant la maigre végétation à ras de terre, la torturant et la modelant sans cesse comme de simples bonsaïs.

— L'Enfer est vraiment un endroit déprimant, déclara Darius avec ironie lorsqu'ils dépassèrent un immense groupe d'âmes damnées enchaînées jusqu'au cou dans un marécage, la tête fouettée par les vents éternels.

— « Vous qui entrez ici, abandonnez toute espérance ! », répliqua Zorg, citant la maxime gravée sur la Grande Porte des Enfers.

— En parlant d'espoir... Comment vous avez fait pour me sauver ? Je croyais que c'était plié pour moi...

— Grâce à une chance insolente, si tu veux mon avis. Mais pas que... commença le zombie. Quand tu as brusquement quitté le terrain, personne n'a compris ce qui t'arrivait. Personne à part moi. J'avais bien remarqué le regard de Croatoan et je savais qu'il fallait que tu disparaisses prestement. Je t'ai tout de même suivi aussi vite que mes jambes mortes le permettaient mais lorsque je t'ai finalement rattrapé, tu étais déjà aux mains des sbires du Grand Prêtre.

— Et tu as continué à nous suivre ? demanda Darius avec gratitude.

— Non, seul, j'étais démuni mais je savais où ils t'emmenaient... J'ai attendu la fin du match et je suis allé rencontrer Golgotas dans les vestiaires.

— Ça a dû être sympa...

— Un enchantement ! Ton charmant cousin a d'abord voulu m'arracher la colonne vertébrale pour, je cite : « Lui remonter le moral après cette défaite de merde... ». Mais lorsque je lui ai dit que je venais pour toi, il est devenu véritablement excessif. Tu les avais lâchés, tu n'étais plus rien pour lui, etc. J'ai dû patienter pendant qu'il finissait de dégrader les casiers à grands coups de lobe frontal pour finalement réussir à lui raconter ce que j'avais vu.

— Et il t'a cru ?

— Apparemment. Le mensonge n'est pas un de nos attributs, à nous les zombies. Ou peut-être est-ce sa haine pour Croatoan ? Toujours est-il qu'il m'a fait confiance et après être passés chez lui nous procurer cette voiture, nous avons galopé jusqu'au palais royal. Là, nous nous sommes arrêtés aux écuries secondaires tenues par des fidèles de Lucifer et donc de ton oncle. Ils nous ont laissés entrer discrètement et...

Le zombie hésita soudain.

— Et quoi ? insista Darius.

— Nous étions sur la galerie qui vous surplombait lorsque Lavinius et ton père... Golgotas a failli sauter directement à la gorge de Croatoan. Il a fallu toute ma force de persuasion pour l'en empêcher, ou peut-être est-il plus subtil qu'il en a l'air.

— Il se vengera, confirma le jeune démon. Mais pas au prix de sa vie...

— Puis on a pu admirer le feu d'artifice. Le pouvoir que tu dégageais... C'était ébouriffant ! Et lorsque l'homme-mille-pattes s'est approché de toi, j'ai tenté de te mettre en garde mais tu ne m'as pas entendu. Heureusement le Grand Prêtre non plus. Ensuite, ils t'ont emmené...

— Vous avez alors pisté Scutigera...

Le zombie fixa Darius d'un air étrange. Autour d'eux, l'obscurité tomba une nouvelle fois tandis qu'ils pénétraient dans le tunnel des Monts du Courroux.

— Nous étions trop éloignés pour y parvenir. Je disais que ton audacieux sauvetage n'était pas dû qu'au hasard : avec Golgotas nous t'avions perdu et nous commencions à nous en alarmer lorsque, soudain, quelque chose s'est modifié dans le palais. On aurait dit qu'il perdait de sa couleur et que le monde devenait noir et blanc. Tout, sauf un corridor. Nous l'avons emprunté et suivi les touches colorées qui ponctuaient la voie jusqu'à la porte de ton cachot. Te rends-tu compte, Darius ? Le palais royal lui-même s'est porté à ton secours ! Ceci additionné à ton déluge de feu... Croatoan a bien raison de te craindre !

La lumière inonda à nouveau l'intérieur du carrosse lorsque le paysage du Cercle de l'Orgueil se dévoila enfin. Rocailleuses à l'extrême, hérissées de ronces géantes, les vastes plaines de l'Arrogance cuisaient dans une atmosphère de four crématoire en cette saison.

La voiture ralentit alors promptement, ce qui fit tressaillir le zombie.

— T'inquiète, sourit Darius, amusé, ce n'est pas Brutus l'Empailleur. On quitte juste la 666 pour une route secondaire. On arrive bientôt !

Ainsi, après quelques dizaines de kilomètres de plus sur un chemin caillouteux, une grande bâtisse noire se dressa soudain sur un horizon blanc. Les chevaux, luisants de transpiration et assoiffés de sang, donnèrent un dernier coup de collier pour franchir le portail de la propriété, entourée de grilles barbelées. Au-dessus de celui-ci, un ange griffu au visage hautain tenait une pierre tombale gravée au nom de « GORE ».

— Enfin chez soi ? ironisa Zorg devant tant de désolation.

Darius, lui, accablé par les douloureux souvenirs qui rejaillissaient subitement, commençait presque à regretter la prison du palais.

22

Dans la pièce à côté, la mère de Damien vidait le lave-vaisselle en fredonnant un vieux tube d'ABBA et, même à voix basse, son chant était si faux qu'elle aurait donné des sueurs froides à n'importe quel juge de l'Eurovision. Pour ne rien arranger, il parvenait jusqu'aux oreilles des adolescents répartis dans la petite chambre : Damien, pivotant sur sa chaise de bureau, priait intérieurement pour une conclusion rapide du récital gratuit. Face à lui, assis sur le lit, Seb, Charlie et Vladimir l'observaient d'un air grave. Judith, quant à elle, leur tournait le dos à tous et faisait semblant de regarder par la fenêtre. Derrière ses nouveaux cheveux blonds encore ruisselants, elle était apparemment passionnée par la folle équipée d'un vieux monsieur trempé jusqu'aux os, luttant pour avancer à contrevent en s'agrippant à chaque lampadaire ou poteau de signalisation, et n'avait pas encore pris part à la conversation. De toute manière, cette dernière était au point mort depuis qu'ils avaient réalisé que les cloisons en papier mâché compromettaient salement leur intimité… D'un côté, ça faisait bien marrer Vladimir de voir son pote se liquéfier parce que sa mère chantait comme une casserole. S'il savait à quel point on s'en balançait ! D'un autre côté, il était persuadé que si maman n'avait pas été à la maison, son soi-disant meilleur ami les aurait laissés moisir sous la pluie battante. Le temps était vraiment étrange, d'ailleurs, et le ciel était devenu soudainement si noir que lorsqu'ils entendirent « Take A Chance On Me » s'éloigner, puis s'éteindre au fond de l'appartement, ce fut à voix basse que Seb tenta de reprendre la conversation :

— Ok, alors tu persistes à nous dire que tu es malade… Très bien ! Mais tu n'es pas amnésique ! Qu'est-ce qui s'est passé après le concert avec Judith ?

Sur la table de nuit, la lampe de chevet qui éclairait faiblement la chambre donnait à la scène une petite ambiance Halloween en plein mois de juin. Damien préféra botter en touche :

— Mais rien, putain ! Qu'est-ce qu'elle vous a raconté ? demanda-t-il comme si Judith ne se trouvait pas avec eux.

D'abord, il n'avait strictement aucune envie de se rappeler ce que dissimulait une certaine camionnette. Et puis, dans une moindre mesure, il espérait aussi qu'elle ne leur avait pas révélé sa vieille tentative de drague ratée.

— Toi d'abord ! Et t'as intérêt à accoucher rapide, lança Vladimir qui commençait à être agacé par toutes ces circonvolutions.

Si Damien déglutit alors nerveusement, ce n'était pas parce qu'il avait peur des menaces de son ami. Dans la semi-obscurité de cet orage, il semblait pourtant bel et bien terrifié. Communicative, sa terreur s'insinuait dans le groupe et, dans la pénombre, Seb saisit discretos la main de Charlie. Judith se tourna alors tout à coup vers eux.

— D'accord. Au risque de passer pour une folle, je vais commencer. Après votre départ, Damien m'a emmenée dans la Zone Industrielle près de la salle de concert. Il voulait me montrer un truc…

Seb et Vladimir se regardèrent d'un air entendu en souriant mais ne firent aucun commentaire.

— … Sur un parking abandonné, on a entendu des bruits bizarres et on est allés voir… Ça venait de derrière un vieux van Volkswagen…

Judith respira profondément pour réprimer les tremblements de ses mains tandis que les autres retenaient leur souffle.

— … On s'est approchés et, dans les phares de la voiture, un type s'est relevé pour venir vers nous. Il n'y a pas quatorze mille façons de le décrire, alors voilà : ce que j'ai vu c'est un putain de mort-vivant. Un type en décomposition qui sortait tout droit d'un film de Roméro[8]. Il avait la bouche pleine de sang et sur le sol à ses pieds, il y avait… il y avait…

Judith se laissa alors glisser sur la moquette. Les mains plaquées sur sa bouche, elle réprima un sanglot avec difficulté.

— Il y avait un type à moitié bouffé qui gémissait et bougeait encore, conclut Damien d'une voix blanche. On a bien vu la même chose, continua-t-il en pivotant vers Judith. Au début je voulais trop t'en parler, je t'ai appelée une centaine de fois et puis, finalement, je me suis dit que je préférerais oublier. Mais j'y arrive pas…

L'adolescente releva la tête vers son ami et essaya vainement de lui sourire. À la place, elle posa la main sur son genou. Damien la recouvrit alors de la sienne et se demanda stupidement s'il avait encore peut-être une chance. De son côté,

---

8. Réalisateur américain, George A. Romero a mis en scène des zombies dans de nombreux films cultes des années 70 à nos jours.

Vladimir se tâtait pour parler de l'article sur les revenants et de la cellule de crise du Dr. Grougon quand une détonation dans la rue fit trembler les vitres, les faisant tous sursauter. Comme un seul homme, ils se précipitèrent à la fenêtre. Sous l'averse qui n'en finissait pas, le vieil homme qu'observait vaguement Judith quelques minutes auparavant était au sol. Un agent de police, le révolver braqué sur le malheureux, se pliait en deux de douleur en tenant son épaule ensanglantée. L'ancien entreprit pourtant de se relever et, sous les cris horrifiés de Judith et de ses amis, prit une deuxième balle à bout portant qui le renvoya direct dans le caniveau. Quelques secondes plus tard, le vieil homme se redressa à nouveau sous le regard incrédule de l'agent de police qui vida alors sur lui son chargeur en mode Scarface. Ce coup-ci, le vieux resta au tapis tandis que le policier titubait dans une ruelle adjacente pour disparaître de la vue des ados pétrifiés par le spectacle. En bas, dans une mare de sang, le corps criblé de balles semblait tout droit sorti d'un mauvais film. Et ce n'était pas fini. Un instant plus tard, l'horreur atteignit son paroxysme lorsque le cadavre se releva pour de bon et se lança à la poursuite du policier.

23

Les chevaux s'étaient arrêtés devant l'entrée avec des hennissements de soulagement. Il faisait une chaleur de brute, même pour l'Enfer, et ils exigeaient maintenant qu'on leur serve à boire. Dans l'atmosphère brûlante, le manoir ondulait comme un cobra et, devant Darius et Zorg qui cramaient littéralement, la grande porte en argent noirci par le temps semblait transpirer à grosses gouttes de mercure. Au-dessus de cette dernière, indifférente à la fournaise, ronflait une antique gargouille à la tête de Gorgone.

— Euryale ! cria Darius en cognant vigoureusement le heurtoir en forme de serpent qui se mordait la queue. Euryale ! Réveille-toi !

Les paupières de granit s'ouvrirent alors et des iris de bronze fixèrent les deux amis avec ce qu'il fallait de dédain pour qu'ils ne se sentent pas les bienvenus. Après un silence qui traîna un peu en longueur, la gargouille daigna enfin s'adresser à eux :

— Qui dois-je annoncer ? demanda-t-elle d'un ton méprisant.

— Tu me reconnais très bien, Euryale, s'énerva Darius. Arrête ton cirque et préviens Morgul !

— Pffff.... Un instant, s'il vous plaît... cracha-t-elle avec une mauvaise volonté évidente, avant de continuer sa sieste.

Quelques instants plus tard cependant, la porte s'ouvrit et un vent d'une fraîcheur à congeler un manchot empereur les enveloppa soudain, au grand soulagement du zombie qui craignait que la fournaise n'accélère le processus de décomposition de son corps. Dans l'encadrement se dressait un homme gigantesque – 2,50 mètres au bas mot – dont la large bouche avait été cousue avec du fil de cuir. Ses yeux totalement blancs regardaient au-delà du portail, la ligne brisée des Monts du Courroux. Il inclina néanmoins légèrement le buste et s'écarta pour inviter les deux amis à entrer.

— Bienvenue, Maître Darius ! Cela fait une éternité !

Cent cinquante ans, pensa le jeune démon. À l'époque, son père, qui ne voulait plus mettre les pieds dans le Cercle de l'Orgueil, avait subitement désiré y retourner. Darius pensait que c'était peut-être une tentative pour recréer du lien entre eux mais ces quelques jours avaient été un véritable calvaire. Il y avait trop de haine entre le Comte et son père, le vieux Faustus, ça avait pété rapidement et la visite s'était abrégée. Ils avaient déguerpi sous une flopée de malédictions croisées et étaient retournés à Pandémonium aussi vite qu'ils étaient venus. Le voyage du retour, se souvint amèrement l'adolescent, avait été silencieux et lourd de non-dits. Le Comte semblait reprocher à son fils la tournure désastreuse des événements...

— Oui, cela fait trop longtemps Morgul. Je suis heureux de te revoir.

— Vous avez l'air fatigué jeune Maître, continua le serviteur.

Puis après un rapide coup d'œil derrière lui, il chuchota malgré sa bouche cousue :
— J'espérais qu'Octavius soit avec vous... Comment va-t-il ?
Darius, d'un long soupir, balaya la tristesse prête à l'assaillir et réussit même à sourire.
— Il se porte comme un charme, merci... Mon grand-père est-il ici ?
— Oh oui, bien sûr. Ils sont toujours dans leur chambre, Monseigneur et Madame. Ils seront heureux si vous voulez y passez. Vous restez un peu parmi nous ?
— Quelques jours...
— Vous m'en voyez ravi ! Je vais vous accompagner à vos appartements pendant que les centaures s'occupent de vos chevaux. Suivez-moi !
Morgul emprunta alors un long couloir givré, au plafond hérissé de stalactites, et dont le sol couvert de verglas rendait toute progression un peu hasardeuse. Le vieux serviteur se déplaçait toutefois avec l'aisance d'un patineur artistique et conduisit les deux amis jusqu'à un grand escalier couvert de neige.
— Comme vous pouvez le constater, s'excusa Morgul en leur montrant la rampe, votre grand-père déteste de plus en plus la chaleur... Je vous conseille de vous tenir. Les marches sont un peu traîtresses.
Zorg, lui, semblait fasciné par le serviteur. Il désigna discrètement sa bouche à Darius.
— Comment fait-il pour parler ? Est-ce de la télépathie ? chuchota-t-il en grimpant les premières marches.
Darius secoua la tête en signe de négation.
— Sa VRAIE bouche n'est juste pas là où on croit...

Et il montra son propre ventre.

Impressionné, le zombie continua la périlleuse ascension tandis que Darius se laissait submerger par les souvenirs d'enfance. Bien sûr, à l'époque, cette obsession du froid était moindre chez son grand-père (si on se les gelait, on n'avait tout de même pas l'impression de traquer l'ours polaire) mais autrement, les changements semblaient minimes. Au fond du vieux salon dans lequel ils venaient de pénétrer, se dressait d'ailleurs la vaste cheminée qu'il croisait parfois dans son miroir de mercure. Elle était évidemment éteinte aujourd'hui mais dans son souvenir c'était bien à sa chaleur qu'il se réchauffait avec son père. Puis ils passèrent devant les appartements de ses grands-parents qui résonnaient de leurs cris perpétuels depuis des millénaires, vivant leur propre petit enfer personnel. Derrière la porte, les voix étouffées se chamailleraient pour l'éternité.

— Il fait froid ! Couvre-toi ! hurlait sa grand-mère Desideria d'une voix mauvaise.

— Que l'archange m'emporte ! Je sais bien qu'il fait froid ! C'est encore moi qui contrôle la température ici ! répondit Faustus à bout de patience.

— Tu ne viendras pas te plaindre de ton dos, alors !

— Mais je n'ai pas mal au dos ! Je suis un démon, pas un vulgaire mortel ! Tu me fatigues !

— Je te fatigue ?! Merci beaucoup ! Sache que je préférerais faire autre chose que me soucier de toi en effet ! La prochaine fois que tu râles à propos de tes lombaires, tu seras bien reçu !

Et ça continuait, continuait, revenait en boucle, s'étoffait de nouveaux griefs, de nouvelles petites tracasseries, de nouvelles petites rancœurs...

Lorsqu'ils atteignirent les chambres, qu'une petite porte rendait communicantes, Darius, ivre de fatigue et d'émotions, s'écroula sur son lit avec l'envie de dormir quelques décennies. Malheureusement, à peine eut-il fermé les yeux que Zorg le secoua sans ménagement.

— Réveille-toi ! Réveille-toi ! Une missive vient d'arriver ! De Golgotas !

Le prénom de son cousin éclaircit tout de suite les idées de Darius.

— Par dentier ?

— Non, heureusement, nous pourrions être sur écoutes. Par gargouille. Euryale est en train de vociférer ton nom depuis dix minutes. Heureusement que nous sommes dans une contrée lointaine et isolée !

Une magie ancienne et puissante contraignait en effet ces créatures à ne délivrer leurs messages qu'aux véritables destinataires. Ils durent alors ressortir du manoir pour faire face à une Euryale toujours aussi aimable.

— Ah ! Enfin vous voilà ! commença-t-elle, agacée, comme si je n'avais que ça à faire... Bref, continua-t-elle en raclant sa gorge de pierre, voilà un message de Golgotas Gore pour Darius Gore : « Il lance toutes ses forces à ta recherche. Tu es foutu. Ta seule option c'est l'armoire de la cave. Tu t'en souviens sûrement. Tire tes miches de là ! »

— Qu'est-ce que cela signifie ? demanda Zorg une fois que la gargouille eut refermé les yeux.

Darius était sidéré. Ce que lui conseillait son cousin était complètement dingue !

— Ça veut simplement dire qu'on va quitter les Enfers, mon pote. Mais avant, il faut que je parle à mon grand-père.

24

L'armoire de la cave. Ces quelques mots replongeaient Darius au cœur d'une enfance qu'il avait crue oubliée. Lorsqu'avec Golgotas, seulement âgés d'une dizaine d'années, ils exploraient le manoir Gore dans les moindres recoins – chaque expédition ayant le goût unique de l'aventure et de l'interdit. De nombreux secrets étaient scellés dans l'antique demeure et Faustus craignait qu'ils ne réveillent par inadvertance des choses qu'il aurait mieux fallu ignorer. L'armoire était l'une d'elles et la peau de ses fesses se souvenait encore de la formidable correction que leur avait administrée leur grand-père quand ils avaient failli l'utiliser. Ce dernier gardait toujours la clef de celle-ci autour du cou depuis, mais ce n'était pas la seule raison qu'avait Darius de s'expliquer avec le vieux démon. Avant toutes choses, Zorg et lui allaient passer par les anciens appartements de son père. Si ce dernier lui avait vraiment caché quelque chose, peut-être trouveraient-ils un début de réponse ici... Sans avoir besoin de l'assistance de Morgul – la topographie des lieux étant vite revenue à l'esprit de l'adolescent – ils s'engagèrent tout fumants de froid dans un petit couloir en « L » au bout duquel une porte rouge vif luisait dans la pénombre bleutée.

— C'est ici, chuchota prudemment Darius à son ami, comme s'il était à nouveau un enfant défiant les règles.
— Qu'est-ce qu'on cherche au juste ? demanda Zorg qui baissa lui aussi la voix.
— Je ne sais pas. N'importe quoi qui te semblerait étrange... répondit-il en poussant la porte, qui grinça horriblement dans le silence glacé.

Lorsqu'il entra, Darius fut choqué par le délabrement qui y régnait. Cela faisait clairement un bon bout de temps que personne ne s'était donné la peine de venir ici. Dans la maigre luminosité qui perçait à travers les lourds volets, on pouvait voir que deux bons centimètres de poussière recouvraient toute chose comme un manteau de neige et que des araignées grosses comme des rats gris y avaient bâti d'impressionnantes citadelles de soie. S'approchant du grand bureau de son père, Darius utilisa son pouvoir de pyrokinésie pour allumer le candélabre qui y trônait. La pièce s'illumina aussitôt, découvrant un petit lit monastique, une bibliothèque bien fournie, ainsi qu'un coffre massif en bois de supplicié, une essence endémique au Cercle de l'Orgueil, réputée pour sa solidité. Les murs, eux, étaient nus, tout comme le grand plan de travail sur lequel reposait le chandelier.
— On dirait que ton père était adepte du minimalisme, constata Zorg qui se planta directement devant les rangées de livres et en consulta amoureusement les tranches. Ton talent de pyrokinésie est diablement pratique... continua-t-il, absorbé par sa lecture.
— Créer et contrôler le feu : le pouvoir de base de n'importe quel démon... Bref, s'il y a quelque chose ici, c'est forcément

dans le coffre. À moins qu'il y ait des panneaux dans le mur ou le plancher...

— Commençons déjà par le coffre, conseilla le zombie, après il sera toujours temps de... DIANTRE ! *Le Livre du Néant* !!! Je ne savais même pas qu'il en existait encore un exemplaire outre celui du trésor royal ! Et là ! *Les Mémoires du Chaos* !!! Prodigieux ! Tu crois que je peux les emprunter !? demanda-t-il avec gourmandise.

— Mais oui, mais oui... répondit Darius qui s'escrimait sur le gros loquet du coffre. J'arriverai jamais à ouvrir ce truc !!!

— Pas de cette façon en effet, se moqua Zorg qui escamotait déjà les grimoires dans son sac en bandoulière. Il te faut la clé.

— Tu m'étonnes, s'agaça alors le jeune démon. Mais je ne vois même pas de trou pour en insérer une, de clé ! Tout ce qu'il y a c'est cette espèce de petit cercle hérissé de pointes.

— J'ai lu des choses passionnantes sur ce type de serrure, s'exclama son ami. C'est un verrou sanglant, impossible à forcer. Il faut juste se piquer le doigt sur le cercle et si ton sang est reconnu, le loquet s'ouvre.

— Ce qui veut dire... ?

— Que si ton père ne voulait pas que tu puisses l'ouvrir, c'est perdu d'avance. Mais tu ne risques rien à essayer.

« Ok », pensa Darius qui, sans y croire une seule seconde, approcha son index de la petite couronne d'épines et y fit perler une goutte d'hémoglobine. Un léger cliquetis se fit aussitôt entendre.

— Par Satan, marmonna-t-il.

Darius, surexcité, souleva le pesant couvercle. Qu'allait-il découvrir ? Une longue lettre d'excuses lui expliquant que, malgré tout, son père l'aimait ? Une explication pour toutes ces années de haine ? Une réponse à la folie de Croatoan ? Malheureusement, la déception fut à la hauteur de ses espérances : le coffre était vide. Seul un terne médaillon d'argent traînait encore au fond sous le cadavre de petites araignées. L'adolescent s'en saisit tout de même au lieu de balancer le meuble par la fenêtre comme il en avait furieusement envie. Le bijou était en réalité finement ouvragé et il pouvait s'ouvrir. Après une courte lutte avec le mécanisme rouillé, il y découvrit le portrait d'une femme et ses cœurs s'arrêtèrent un instant : il reconnaissait ce visage ! C'était celui de la petite mortelle qui hantait ses rêves !

— Tout va bien ? demanda le zombie devant la mine blafarde de Darius. On jurerait que tu as vu un saint !

— Ne perdons pas de temps, lança le démon sans lui répondre. Suis-moi !

Darius n'avait plus que deux choses à faire avant de partir et, pour cela, il lui fallait son grand-père. Il se rua donc à travers le manoir jusqu'à la grande porte à double battant des appartements du maître.

— ... Je ne me plains pas ! Je n'ai juste pas faim ! Ce nourrisson a du poil au menton ! soupirait son aïeul.

— Si tu n'aimes pas ce que je fais, va manger chez qui-tu-sais !

— Ah non ! Ça ne va pas recommencer avec qui-tu-sais ! Ça fait au moins deux mille ans ! Et puis je te rappelle que c'est Morgul le cuisinier, pas toi !

La main de Darius frappant à la porte interrompit les éternelles jérémiades.

— Qui est là ? demanda Faustus.
— C'est moi ! Votre petit-fils...
— Darius ! s'exclama Desideria. Entre vite, mon petit !
Le jeune démon inspira profondément et se prépara à tout sauf à ce qui l'attendait dans la vaste chambre des Gore. D'un côté, sa grand-mère semblait faire corps avec le grand lit à baldaquin, son visage ridé surgissant d'un coussin tandis qu'un de ses bras et ses jambes sortaient du matelas. De l'autre, Faustus ne faisait plus qu'un avec le gros fauteuil, et s'était littéralement fossilisé sur le velours côtelé.
— Stupéfiant ! se permit de chuchoter Zorg, resté un peu en arrière.
— Eh oui ! soupira l'ancêtre. Ça doit te faire un choc, mon garçon... Avec ta grand-mère nous avons fait excès de paresse. Plus de trente ans sans se lever, ajouta-t-il avec un petit rire cynique, on fait maintenant vraiment partie des meubles ! J'imagine que « l'autre » n'est pas avec toi ?
Par « l'autre », Faustus désignait évidemment le père de Darius. Ce dernier préféra éluder la question.
— Je ne peux pas rester longtemps mais j'ai une chose importante à vous demander... Qui était ma mère ?
L'homme-fauteuil se renfrogna aussi sec :
— Tu le sais très bien ! Ta mère était une moins que rien du Cercle de la Luxure ! Une véritable mésalliance !
Le baldaquin se mit alors à trembler et la voix de sa grand-mère retentit avec force :
— Tu n'en as pas marre de seriner les mêmes âneries ! Peut-être serait-il bon de lui dire la vérité ! Ne sens-tu pas que nos fils sont morts et que le danger menace maintenant Darius...

— Ne dis pas n'importe quoi, femme ! J'interdis formellement à Octavius de mourir tant qu'il ne s'est pas excusé de sa conduite intolérable !

Le lit soupira avant de reprendre :

— Je vais te le dire moi, ce que ce vieux fou refuse d'admettre ! Approche-toi, mon petit. Voilà, comme ça, donne-moi la main. Ta mère n'était pas une démone, non... Ta mère était une mortelle !

— Mais... c'est impossible, commença Darius. La Prophétie dit que seul Lucifer...

— On connaît tous la Prophétie, et c'est bien pour cela qu'on a tout fait pour cacher la vérité. Nous risquions gros pour une hérésie pareille, une éternité de tortures dans la prison du palais dans le meilleur des cas... Le secret a sauvé ta vie et les nôtres !

— Mais comment est-ce possible ? continua le jeune démon, estomaqué.

— On n'en sait foutre rien ! s'emporta alors Faustus. Peut-être que le départ du maître des Ténèbres a modifié le cours normal des choses... Il paraît que Dieu lui-même...

Un énorme rugissement interrompit à cet instant le vieux démon, suivi par des cris d'alarmes qui résonnèrent tout autour du manoir. Comme un seul homme, Darius et Zorg se ruèrent à la haute fenêtre.

— Que se passe-t-il ? demanda l'ancêtre qui étirait sans succès son cou vers les carreaux.

— Les légions de Croatoan... Il faut partir ! Grand-père, donne-moi vite la clé de l'armoire !

— L'armoire ? Tu sais très bien qu'il est formellement interdit d'utiliser les portails !

— La clé, s'il te plaît !

Devant l'antique demeure, les morts-démons avaient fort à faire avec un Morgul déchaîné qui avait fait tomber son costume de majordome pour libérer la bête en lui. Torse nu, une gueule de lion à la place du ventre, il se jetait sur les hordes de Croatoan avec une sauvagerie inouïe.

— Très bien, prends-la, soupira Faustus. Et surtout... (Le vieux démon hésita un instant.) Venge-nous !

Sans perdre de temps, Darius retira le collier de son grand-père au bout duquel brillait une petite clé de fer et se précipita hors de la chambre, suivi de près par Zorg. L'ennemi n'étant pas encore entré dans le manoir, ils purent descendre à la cave sans encombre. Là, une vieille armoire tout ce qu'il y avait de plus banale se tenait contre un mur entre des monceaux de bric-à-brac en train de rouiller. Le jeune démon, qui entendait maintenant la menace se rapprocher sur le plancher au-dessus de sa tête, tourna la petite clé et ouvrit la penderie. Dans cette dernière, seulement l'obscurité.

— Tu es prêt ? demanda-t-il à son ami, plus pour se donner du courage qu'autre chose.

— J'imagine que je n'ai pas vraiment le choix... Simplement... cela va nous mener où exactement ?

— Sur Terre, s'exclama Darius avant de se jeter dans les ténèbres de l'armoire. Sur Teeeeerrrrrreeee !

— Eh bien, lança platement le zombie à son ami qui n'était déjà plus là. Je ne risque pas de passer inaperçu...

Et il se jeta à son tour dans l'inconnu.

25

Vladimir, coincé entre le coude de Seb et l'aisselle de Damien, se demandait s'il n'aurait pas mieux fait d'aller se pieuter chez lui. Le matelas gonflable retrouvé avec des « hourras » enthousiastes dans le débarras était en fait un instrument de torture 100% pétrole et plus les heures passaient, plus ils s'y enfonçaient, collés les uns contre les autres comme des oiseaux de mer dans le mazout… Les filles étaient tout de même mieux loties sur le lit de Damien et s'il n'avait pas été placé entre ses deux compères, il aurait peut-être tenté de les rejoindre. En tout bien tout honneur, bien sûr. Les yeux rivés sur le plafond où se mouvait parfois la lumière de phares occasionnels, il repensait à la scène de malade mental dont ils avaient été témoins. Le vieux type s'était vraiment relevé après s'être pris un chargeur entier dans la poitrine ! Ça, plus l'histoire des tourtereaux dans la Zone Indu, c'était sacrément troublant. Le pauvre Dr. Grougon se mettait le doigt dans l'œil jusqu'au pancréas avec sa cellule de crise pour agités du bocal… Les morts revenaient à la vie ! Dit comme ça, c'était ridicule. Ça faisait trop penser à une énième série B. Sauf que, quand ça vous arrivait dans la vraie vie, il y avait de quoi mouiller son froc ! C'était pour ça qu'ils avaient tous décidé de passer la nuit ici. Pour se protéger les uns les autres, et surtout pour se rassurer. Un château-fort comme quand ils étaient petits, se croyant invincibles, armés de bâtons dans une tente de jardin. Car si les morts sortaient vraiment de leur tombe, que pourraient-ils bien faire ?! Les parents de Damien avaient été cool de laisser toute la smala s'installer chez eux même s'ils n'avaient pas gobé l'histoire de la fusillade. Pour eux, c'était le grand classique du pot d'échappement qui pétarade et des ados qui devraient essayer d'y aller mollo sur la fumette. La mère de Damien avait rencontré son père au Burning Man[9], c'était peine perdue de leur dire que personne ne touchait à ça dans la bande... Vladimir, qui commençait à trouver le temps long, se retourna dans un couinement de chambre à air pour se retrouver nez à nez avec Seb qui l'observait avec de grands yeux fiévreux.

— T'es réveillé ? chuchota-t-il stupidement avec l'haleine du type qui ne s'est pas lavé les dents depuis un moment.

— Ouais... répondit Vladimir en orientant ses narines vers des cieux plus cléments. J'arrête pas de réfléchir à tout ça...

— Pareil... J'ai envie de l'appeler...

Par « l'appeler », Vladimir comprenait très bien ce que voulait dire son ami. Tous les cinq se targuaient d'être des experts en spiritisme, satanisme et phénomènes paranormaux. Dès qu'ils avaient un peu picolé ou maté un *Insidious*, ils sortaient les bougies, les planches de Ouija, et essayaient de communiquer avec l'Autre Monde. Sans grand succès d'ailleurs, sauf pour Seb. Avec lui, le jeu débile pour se faire

9. Mouvement culturel global, le Burning Man se tient tous les ans pendant neuf jours en plein désert du Nevada. Il est très facile d'y trouver toutes sortes de drogues.

frissonner entre amis prenait une autre dimension. Le gars avait un vrai talent et lorsqu'il appelait un esprit, des choses inexplicables se produisaient réellement autour de lui. Des ampoules qui éclataient, des livres qui tombaient, la télé qui s'allumait. Mais le plus dingue était arrivé la veille du Noël dernier : ils étaient tous réunis chez lui autour de sa planche lorsque quelque chose fit bouger la goutte, les faisant flipper un max, surtout Judith qui ne voulait même plus en entendre parler. Une sorte de conversation paranormale s'était engagée. Depuis, Seb n'avait pas cessé d'essayer de recontacter cet esprit sans jamais y arriver.

— Qu'est-ce t'en penses ? continua-t-il à voix basse. Elle sait peut-être quelque chose…

— Ça se tente grave, murmura alors Damien, apparemment bien réveillé lui aussi, par-dessus l'épaule de Vladimir. Qui serait mieux placé pour nous expliquer ce qui se passe ?

— Mouais… elle ne nous a parlé qu'une seule fois les gars ! souffla Vladimir. Et c'était pour nous sortir des trucs bien fumeux que chacun pouvait interpréter à sa sauce… Non, vraiment je…

— Faisons-le tout de suite ! l'interrompit soudain Judith avec la voix de la fille qui compte les moutons depuis trois bonnes heures.

— Ouais ! Un peu d'action les gars ! bâilla enfin Charlie en se redressant sur son édredon.

— Bon, ok. Si personne ne dort et que même Judith en appelle au spiritisme, je ne vois pas pourquoi je m'infligerais ce supplice plus longtemps, déclara Vladimir en s'extirpant difficilement du matelas gonflable. Vas-y Seb, essaye de faire ton truc !

Damien sortit le Ouija de son armoire et le posa sur le lit. Ils s'installèrent en rond tout autour sans prendre la peine d'allumer des bougies, les ténèbres de la nuit étant une bien meilleure invitation pour un fantôme. Au centre de la planche, Seb plaça la goutte dans laquelle un disque de verre était enchâssé et posa délicatement ses doigts dessus, imité aussitôt par ses amis. Il ferma les yeux un instant avant de demander à la nuit qui les entourait :

— Par les cieux et les territoires de l'esprit. Par-delà la mort et la corruption du corps. Je me tiens avec le plus grand respect... Qu'il n'y ait nul démon, ni force démoniaque ! Je suis là humblement pour parler aux esprits... Carmen, es-tu là ?

Le silence se fit plus épais mais la goutte restait immobile. Seb se concentra à nouveau et répéta :

— Carmen ! Je t'appelle humblement. Carmen, es-tu là ?

Imperceptiblement, sous les yeux ébahis du petit groupe qui se resserrait sur le lit, la goutte commença à vibrer, puis, très lentement, glissa vers le « OUI » gravé à gauche de la planche. Seb esquissa un petit sourire vainqueur (*I did it again !*) à ses amis avant de continuer :

— Quelque chose de grave est-il en train de se produire ?

La goutte bougea à nouveau vers le « OUI ».

— Que se passe-t-il, Carmen ?

Le bout de bois, pris de frénésie, passa alors avec rapidité sur les lettres : « L...A...V...I...E...T...L...A...M...O...R...N...E...F... O...N...Q...1...L...A...M...O...R...D...E...V...I...E...N...L...A...V...I »

— C'est quoi ce bordel ? grogna Vladimir, le front en sueur.

— « La vie et la mort ne font qu'un. La mort devient la vie », répondit Seb sur la défensive. (Il n'aimait pas qu'on manque de respect à son amie de l'au-delà.)

— J'en étais sûr ! Du charabia ! continua tout de même l'autre.

— Il faut peut-être poser des questions plus claires, proposa Judith qui contrôlait tant bien que mal sa peur.

— Carmen, qui était l'homme qui s'est fait tirer dessus hier soir dans la rue ? demanda alors Seb.

L'esprit fit à nouveau bouger leurs doigts : « J...E...N...E...S...E...N...P...L...U...R...I...E...N »

— « Je ne sens plus rien », traduisit encore Seb.

— Super ! maugréa Vladimir. Ça veut dire quoi ? Moi j'ai une question toute simple : Est-ce que c'est la fin du monde ? Une putain d'apocalypse zombie ?

La goutte s'envola littéralement vers le « OUI ». Autour de la planche, personne n'avait envie de rigoler. Ils se sentaient oppressés par l'obscurité autour d'eux comme des gamins esseulés face à une volonté mauvaise et insondable. Et ils savaient jusque dans la moelle de leurs os que le cauchemar était devenu tangible.

— Là, c'était clair, constata Judith qui en avait lâché la goutte.

— Vas-tu revenir à la vie, alors, ça serait l'occasion de se rencontrer, Ô Carmen ? s'excita Seb comme le gros geek qu'il était.

Vladimir le coupa d'une calotte derrière la tête :

— T'es pas net toi ! On s'en fout complet de ça !

Mais soudain, la planche de Ouija commença à vibrer de plus en plus fort sous leurs doigts. D'instinct, ils les retirèrent vivement du morceau de bois qui trembla de plus belle. L'esprit s'exprima alors cette fois-ci sans leur aide et ils regardèrent s'activer la goutte avec un mélange de crainte et d'émerveillement :

« V…I…T…A…L…E…A…T…O…U…R…D…E…L…U…M…I…E…R… » et toutes les lumières de la chambre s'allumèrent d'un seul coup.

— « Vite, allez à tour de lumière » ? C'est quoi ce truc… demanda Charlie qui enfilait son jean tout en jetant un coup d'œil à la fenêtre. Attendez, je crois que j'ai trouvé, ajouta-t-elle avec un petit sourire.

Surplombant l'est de la ville de ses cent dix étages d'acier et de verre rutilant, la tour du géant pétrolier « Pétrogaz » ressemblait en effet à un obélisque de lumière.

— Peuvent pas éteindre leurs bureaux la nuit, ces abrutis ?! s'exclama Vladimir en empochant Janice.

26

Zorg avait à peine posé ses deux pieds dans l'armoire qu'une force colossale l'avala littéralement, le projetant vers l'avant. Le noir complet laissa alors vite la place à un gris lumineux qui désorientait plus encore que l'obscurité. Comme à travers un énorme cumulonimbus orageux, il se sentit tomber telle une pierre. Puis, le plongeon s'éternisant, le zombie finit par perdre tout repère dans la grisaille jusqu'à se demander s'il tombait vraiment, ou si, au contraire, il n'était pas aspiré vers le haut… « Si mon cœur était encore susceptible de battre, il exploserait sûrement dans ma poitrine », songea-t-il en observant Darius qui devant lui (ou derrière ?) tourbillonnait dans ce nébuleux chaos. Ça faisait une dizaine de minutes que le jeune démon avait cessé de hurler et Zorg se demanda si son ami n'avait pas perdu connaissance. Le choc devait être beaucoup trop fort pour un corps capable de ressentir… Au loin, derrière lui (ou devant ?) il crut entendre un cri guttural. Avaient-ils été suivis ou était-ce le comité d'accueil ? Il le saurait bientôt au vu de la luminosité qui augmentait crescendo, jusqu'à devenir aveuglante. « On va enfin déboucher quelque part », eut-il juste le temps de penser avant de réaliser qu'ils étaient bel et bien en train de chuter. L'impact avec le sol, bien qu'atténué par le dos de Darius, fut rude.

— Sérieusement !? grommela l'adolescent qui s'extirpa de sous son ami, le visage en sueur. Tu pouvais pas tomber juste à côté, toi et ton sac de bouquins ? J'étais déjà en petits morceaux !

— Je suis navré, répondit Zorg sans vraiment s'en vouloir. (L'obscurité régnait autour de lui et il se demandait où ils avaient bien pu atterrir.) Aurais-tu l'amabilité de nous éclairer ?

Darius claqua des doigts et une longue flamme rouge s'alluma dans la paume de sa main, illuminant leur environnement. À son grand étonnement, le zombie découvrit qu'ils n'avaient pas atterri dans une grotte interdite, une crypte oubliée ou un temple profane, non. Ils se tenaient dans un bâtiment moderne entouré de grosses armoires métalliques.

Darius, qui se souvenait à peu près de ses cours de « C.H.P.M.P. » (Connaître l'Humanité Pour Mieux la Piéger), trouva rapidement le « bouton de la lumière » et les plafonniers clignotèrent un instant avant d'illuminer toute la pièce d'une clarté blafarde. Sur chaque meuble gris, des étiquettes indiquaient : « Plateformes Atlantique Sud », « Amazonie » ou encore « Procès Pollution et Marées Noires ».

— Ne traînons pas, souffla-t-il alors qu'il retrouvait ses forces. Je crois qu'on a été suivis...

Il se dirigea vers une énorme porte blindée, en saisit la grosse poignée de métal et, d'un simple mouvement de la main, disloqua complètement la serrure en acier qui tomba sur le sol.

— Je crois qu'il va falloir prendre garde à ta force ! constata le zombie en poussant la porte endommagée.

Puis il se figea après avoir jeté un coup d'œil à l'extérieur.

— Il y a une caméra ! Elle va nous repérer !
— T'inquiète pas, la technologie est un de nos « cadeaux » aux mortels, sourit Darius avant d'éteindre le petit voyant rouge d'un nouveau claquement de doigts. Tu vois ? Pas de problème. C'est le B.A.BA du « C.H.P.M.P. » !

Ils traversèrent alors le long couloir aux caméras éteintes dont toutes les portes affichaient l'écriteau « Interdit au personnel non-autorisé » avant de remonter des escaliers vers d'immenses salles parsemées de bureaux. Sur les murs, de grandes photos de plateformes pétrolières aux ouvriers enjoués ou d'enfants dormant paisiblement dans des voitures roulant au diesel donnaient clairement le ton : ici, on se foutait bien de la gueule du monde ! Un peu partout, on pouvait lire le mot PETROGAZ et Zorg, qui n'avait pas suivi une scolarité normale, s'en étonna :
— Où sommes-nous ? Je ne pensais pas trouver une bouche de la Terre dans un immeuble moderne…
— Aujourd'hui, nous ne cachons plus les portes infernales dans les déserts ou les forêts maudites, lui expliqua Darius. À notre époque, c'est dans les bureaux des grosses sociétés financières terriennes, politiques ou pétrolières comme celle-ci que nous nous implantons. Et de là, nous pourrissons tout. Viens, la sortie est indiquée droit devant !

D'un geste, la porte de verre glissa devant eux et l'air frais de la nuit leur souffla au visage. Le jeune démon resserra son manteau et marcha jusqu'au parking. Le vent était froid, d'accord, mais il avait une douce odeur de verdure et, au-dessus de lui, malgré la lumière des réverbères, Darius pouvait voir clignoter les étoiles. Tout était si paisible !

C'était incro… Il se ressaisit d'un seul coup. Devant lui, dans la pénombre, des formes l'observaient.

— Qui va là ? grogna-t-il en serrant les poings.

Des chuchotements dans les ténèbres, puis la voix d'un enfant qui se voulait menaçante :

— Et toi, t'es qui, mec ?

Une autre petite voix intervint alors au bord de l'hystérie :

— Attends, Vlad ! Le type a des cornes ! Et l'autre, c'est un putain de zombie !

Darius comprit qu'il n'avait pas affaire à des démons et leva les mains en signe d'apaisement.

— Je ne veux pas vous faire de mal. Mon ami et moi ne faisons que passer.

Mais une puissante lueur venait de se braquer sur l'arrière de sa tête.

— ON NE BOUGE PLUS ! gueula un type en pull noir « SÉCURITÉ » qui pointait sa Maglite et son flingue sur la nuque du jeune Gore. Qu'est-ce que vous foutiez dans les locaux de PETROGAZ ? Vous avez fracturé une porte du sous-sol, vous n'allez pas vous en tirer comme ça !

— Je vous prie de vous calmer, déclara Zorg qui essayait d'amadouer le gardien. Nous n'avons rien volé et…

— Qu'est-ce que c'est que cette horreur ! hurla le type qui venait de perdre ses couleurs devant la face terreuse du zombie. Bordel, vous êtes qui au juste ?!

Ce vigile commençait à être vraiment gênant et Darius se demandait comment se sortir de cette situation sans violence lorsqu'une ombre surgit derrière le pauvre homme et, aussi brusquement qu'elle était apparue, lui brisa le cou comme un fétu de paille.

— C'est quoi ce délire maintenant ? hurla Damien.

— Dégagez, lança alors Darius au groupe de jeunes humains qui ne se firent pas prier. On a été suivis et vous ne faites pas le poids !

— J'ai bien peur que nous ne fassions pas le poids non plus, gémit alors Zorg devant le mort-démon qui envoyait valser la dépouille du gardien. Il faut fuir !

Un deuxième soldat de l'armée de Croatoan sortit justement des locaux de PETROGAZ. Ils étaient tous les deux armés de longues dagues noires, luisantes de poison.

— Trop tard ! constata le jeune démon avec fatalisme. Il va falloir se battre.

— Je veux bien que tu réitères tes grandes illuminations du palais royal alors parce que là, on est faits comme des rats !

Un vrombissement de moteur éclata alors à côté d'eux et Darius, pris d'une inspiration soudaine, sprinta vers le break et en arracha la portière. À l'intérieur, c'était un concert de hurlements et une petite blonde terrorisée lui flanqua même son pied à travers la figure. En faisant bien attention de ne briser les os de personne, il écarta alors la fille et deux autres mortels à présent tassés comme des harengs pour se faire une place dans l'habitacle. Zorg le rejoignit aussitôt, les deux monstres collés à ses basques.

— Démarre ! Vite ! ordonna Darius au conducteur qui présentait tous les signes d'une imminente perte de connaissance. Démarre si tu ne veux pas qu'on se fasse tous massacrer !

27

Bien crispé par les hurlements de ses potes qui ne cessaient pas à l'arrière, Vladimir, les mains serrées sur le volant, le cœur battant à trois cents à l'heure, poussait sa bagnole dans ses derniers retranchements. Et le moteur qui gémissait dans le petit jour comme s'il allait bientôt rendre l'âme n'empêchait pas le conducteur d'appuyer comme un forcené sur l'accélérateur. Les bandes blanches de la route défilaient dans la lueur des phares avec une irréalité hypnotique et, Vladimir le savait, la perte de contrôle suivie du tonneau meurtrier n'était qu'à un poil de fesses. Il suffirait qu'un joggeur matinal, Earpods vissés aux oreilles, ou qu'un chien errant tentent de traverser pour qu'ils se retrouvent tous dans le décor ! Mais, même s'il le voulait, il ne pouvait pas ralentir. Ces choses qu'ils avaient vues là-bas ! De véritables monstres aux mains crochues et aux yeux rougeoyants, ça c'était la réalité ! Il y avait de quoi péter un plomb ! « Ah, ils n'avaient pas vu ça arriver dans les *Nouvelles de l'Infra-Monde*, pensa-t-il en laissant échapper un petit gloussement nerveux. Bon, faut que je me calme, je suis en train de craquer... ». Mais le pire c'était quand même les deux types dans la voiture dont l'un était clairement mort depuis déjà un bail ! « Tu as juste un putain de zombie derrière toi... », se dit-il une nouvelle fois sans pour autant oser regarder dans le rétro intérieur. « Et avec, en prime, une petite paire de lunettes clouée sur le front ! »

Essayant de réprimer les tremblements qui la secouaient, Judith, entre deux cris stridents, respirait fort dans ses mains comme dans un sac en papier. Hyperventilation. Panique totale. Le type assis juste à côté d'elle avait juste arraché la portière de la caisse à mains nues et elle s'était presque cassé la cheville sur sa tronche qui devait être en acier trempé. Elle était aussi quasi certaine, malgré la pénombre qui régnait dans l'habitacle, que deux petites cornes de chevreaux pointaient sous ses cheveux ! Et elle préférait ne pas penser à ses pieds qui ressemblaient carrément à des serres de rapace ! Là, il y avait deux possibilités : soit elle était complétement givrée, enfermée en ce moment-même dans une cellule capitonnée, soit c'était le monde qui était devenu dément. Et puis cette chaleur qui se dégageait de lui, elle avait l'impression d'être assise à côté d'un radiateur !

« Tout va bien se passer ! Tout va bien se passer... », se répétait Damien sans parvenir à se calmer, cramponné à sa ceinture de sécurité. Sauf qu'il était à la place du mort et qu'à chaque fois qu'il osait ouvrir les paupières, il constatait que Vladimir roulait comme un psychopathe et qu'il allait sûrement mourir d'une seconde à l'autre pour rejoindre l'armée des morts-vivants. En parlant de mort-vivant, l'odeur de pourriture qui se dégageait derrière devenait insupportable. Presque assez immonde pour mettre la peur au second plan. Ce qui n'était pas rien lorsqu'on considérait qu'il s'était tout de même pissé dessus... Damien entendait encore le cou du gardien se briser dans un petit « clac » bien sec. On aurait dit un os de poulet. Le pauvre type, l'air encore tout surpris, s'était écroulé comme un sac de sable. Mais ce n'était pas à ce moment-là que sa vessie avait lâché. Pas non plus lorsque le deuxième monstre avait surgi des locaux de Pétrogaz, avec son mufle haineux et ses yeux de cauchemar. Non, les vannes s'étaient ouvertes quand les deux autres étaient entrés dans leur voiture par la portière arrachée. Les hurlements de Judith, Seb et Charlie. Merde ! Même Vladimir avait gueulé comme un cochon qu'on égorge. Lui, il avait pissé, d'accord, mais ce n'était sans doute pas le seul.

Collée entre Judith et Seb, Charlie observait la scène comme si elle n'était pas vraiment là. Une terreur puissante avait vite laissé la place à un détachement qui l'aurait sûrement inquiétée si elle pouvait encore se soucier de quelque chose. Elle voyait bien que les autres étaient, au mieux, en pleine crise de nerfs, mais chez elle, c'était le calme plat. Plus une émotion. Juste un vague ennui. Le même sentiment que si elle avait déballé une étagère Ikea au lieu de rouler à tombeau ouvert, coincée avec des créatures maléfiques. Elle regardait la nuque tendue de Vladimir, le profil de Damien qui respirait dans son pull quand il se risquait à lâcher sa ceinture, Judith qui tremblait et transpirait façon junkie, Seb qui roulait de gros yeux fous comme un cheval pris dans les flammes. Elle regardait le mec qui leur avait conseillé de fuir avant de s'inviter dans la bagnole. Plutôt beau gosse si on aimait le genre bien flippant, reflets jaunes dans les pupilles, doigts griffus et pieds dégueulasses. Le dernier, elle ne le voyait pas mais elle le sentait, et elle comprenait pourquoi Damien sniffait son pull. Elle, ça ne la gênait pas. De toute manière, ils allaient bientôt tous crever encastrés dans un platane…

« Comment avait-elle pu leur faire un coup pareil ? », se demandait sans relâche Seb depuis une bonne demi-heure. Depuis qu'ils s'étaient jetés en toute confiance dans la gueule du loup. C'était vrai qu'il ne connaissait pas beaucoup Carmen mais elle semblait être une bonne âme. Un esprit malfaisant s'était-il substitué à elle ? Il savait que cela pouvait arriver et que c'était un des grands dangers du spiritisme mais il en doutait. Ce qui était sûr, c'était que la vibration démoniaque qui émanait des nouveaux passagers suffisait à lui donner envie d'hurler de terreur, d'ouvrir la portière encore intacte contre lui et de sauter en marche.

Les humains étaient terrorisés, et, Darius devait se l'avouer, il en ressentit tout d'abord un certain plaisir. Ces créatures si fragiles, si ignorantes, dont il voyait la magnifique âme immortelle pulser à travers la chair diaphane, lui donnaient des pulsions de mort et de destruction. Puis, ce sentiment à la fois bizarrement familier et tout à fait étranger reflua peu à peu. En observant la belle nuit qui les entourait, ce monde doux et éphémère, ses cœurs aigris s'apaisèrent enfin et il reconsidéra les mortels autour de lui. Ils avaient peur mais ils étaient courageux et ils lui avaient permis d'échapper aux guerriers de Croatoan. Golgotas avait raison : la Terre était l'endroit idéal pour se cacher mais sans personne pour l'aider, il ne se faisait pas d'illusion, il serait aussi repérable ici qu'en Enfer. La présence de ce groupe de jeunes humains avait été providentielle et s'il était une chose avec laquelle les démons ne plaisantaient pas, c'était bien le destin. Le conducteur, visiblement à bout, venait de s'arrêter sur le bas-côté dans un crissement aigu de pneus, manquant percuter un panneau de limitation de vitesse. Il décida de profiter du calme relatif qui était tombé. D'une voix posée, qu'il voulait apaisante, il décida alors de se présenter :

— Je m'appelle Darius et je suis désolé si je vous fais peur, même si je conçois que notre apparence puisse vous effrayer. Je le répète, je ne vous ferai aucun mal.

Il attendit un instant avant d'ajouter devant l'absence de réaction :

— Et merci de nous avoir sauvés...

— Sauvés de quoi ? demanda alors un garçon en chevrotant. Et vous venez d'où exactement ?...

— Des Enfers, répondit le jeune démon qui avait décidé d'opter pour la vérité crue et directe.

Collé contre son ami, le vent de la Terre soufflant sur son visage insensible, Zorg écoutait Darius expliquer la situation aux mortels d'une oreille distraite. Ce fantastique nouvel univers, ces humains épouvantés et écœurés par son apparence, les soldats de Croatoan à une plume d'armadragons de les massacrer, tout ça n'avait pas une si grande importance aux yeux du zombie. En revanche, un détail le tracassait au plus haut point. Il l'avait vu au moment où il s'était jeté dans l'étrange véhicule et, depuis, cette vision ne le lâchait plus. Pourtant ce n'était qu'une fraction de seconde avant qu'ils ne démarrent à toute vitesse et que la nuit les engloutisse. Il aurait presque pu croire qu'il avait rêvé bien qu'il ne rêvât jamais : à travers une fenêtre noire, une silhouette drapée dans une cape grise les observait du deuxième étage de l'immeuble Pétrogaz. Et bien qu'une grande force irradiât de tout son être, Zorg en était certain, c'était tout sauf un démon.

28

Son large dos plaqué sur le mur noirâtre d'un immeuble de la rue du Faubourg Saint-Défroqué, Golgotas retenait sa respiration. À ses côtés, accroupis dans la pénombre, Zényrophon, Sokrozil, Arachnos et quelques autres attendaient un signe de leur capitaine. Ce dernier n'avait en effet pas perdu de temps pour transformer la petite troupe des Rats Crevés en ce qu'il appelait « La Résistance » et elle allait bientôt frapper. Influencé par les techniques de la guérilla terrienne, ce groupe de choc allait devenir le clou dans la botte de Croatoan. Ils allaient saboter, assassiner, s'abattre sans pitié sur les forces du Grand Prêtre dès que ce dernier baisserait sa garde. Opportuniste, La Résistance serait imprévisible et donc invulnérable. Ses victoires répétées ridiculisant le pouvoir, de plus en plus de démons la rejoindraient jusqu'à la victoire finale et la décapitation du meurtrier de son père... Le Gol avait déjà tout prévu. Un groupe de soldats stationnaient justement devant la Chapelle de la Mort de la rue du Chevalier Mordred à quelques mètres de là. Depuis que Croatoan avait usurpé le pouvoir, il avait fait protéger des centaines de lieux dédiés à son culte disséminés dans tout Pandémonium. C'était donc un endroit parfait pour donner le coup d'envoi des hostilités. Golgotas s'avança, sabre au clair, vers l'angle de la rue pour jeter un dernier coup d'œil. Ils étaient seulement quatre et n'avaient pas l'air particulièrement éveillés. Ils ne s'attendaient clairement pas à une attaque et les Rats Crevés n'allaient en faire qu'une bouchée.

— Vous êtes prêts les gars ? murmura Le Gol en souriant de toutes ses canines.

Silence concentré de la troupe qui sortit ses armes en guise de réponse. Le capitaine se tourna alors vers Zényrophon qui avait viré au gris mais serrait son marteau de guerre avec détermination.

— On peut pas attendre Oxyblas. C'est le bon moment.

L'autre grogna d'un air mauvais :

— Il a dû se dégonfler.

— Tant pis. Pas besoin de lui... Bon. Dès que je bouge, vous me collez en pack serré. Personne à la traîne, agression maximale. Faut qu'on percute tous ensemble comme si on jouait la finale de headball devant Lucifer en personne !

Sans un bruit malgré sa masse imposante, Golgotas s'élança alors dans la ruelle et, suivi de près par les Rats Crevés, déboula sur le premier garde à pleine vitesse. Il le heurta avec une violence inouïe, le faisant décoller littéralement du sol pour aller s'écraser sur un deuxième soldat. L'action avait été si rapide que les démons de Croatoan n'eurent pas le loisir de réaliser quoi que ce soit avant que La Résistance soit déjà sur eux et les massacre. Le sabre dégoulinant de sang noir, Golgotas leva un poing triomphant.

— La première d'une longue série, les gars ! On ne s'arrêtera pas tant que ce...

— Regardez, par Satan ! l'interrompit soudain Arachnos en pointant un de ses longs doigts sur la pile de cadavres.
— Qu'est-ce qui t'arrive... ? commença Le Gol en se tournant vers les corps. Par le Sang ! C'est donc ça la magie de Croatoan !?

Les gardes morts étaient en effet en train de bouger, se redressant maladroitement, leurs horribles plaies encore béantes. Une colère terrible s'empara alors de Golgotas.
— Je vais les couper en morceaux et on verra s'ils peuvent encore se relever ! fulmina-t-il en levant sa large lame.

Mais quelque chose venait de changer dans l'atmosphère même de la capitale et ils le sentirent tous immédiatement. Une odeur de pourriture était en train de monter ainsi qu'un vague son lointain qui gagnait peu à peu en puissance. Un bruit métallique. Un petit cliquetis se transformant en vacarme de ferraille. Le bruit d'une armée en marche ! Puis des voix, du verre brisé, des cris d'agonisants qui se terminèrent par des chocs sourds. Golgotas baissa lentement son arme, stupéfait par la tournure que prenaient les événements. Au loin, au bout de la rue du Chevalier Mordred, déjà l'éclat des torches sur les armures. Des portes défoncées. Une voix de stentor qui hurlait : « Prosternez-vous devant le nouveau maître des Enfers ou périssez ! ». Le combat était trop inégal, il fallait faire vite.
— Barrons-nous les mecs, souffla Golgotas avant de rebrousser chemin.

Mais à peine arrivés rue du Faubourg Saint-Défroqué, ils comprirent vite dans quel pétrin ils s'étaient fourrés. À gauche, provenant sans doute de la place Fantôme, les troupes de Croatoan avançaient vers leur position au pas de charge. De même, devant eux, dans la petite allée Diablotin, le fracas de la guerre civile approchait rapidement. À leur droite, même topo, mais de façon plus lointaine. Peut-être arriveraient-ils à la rue Royale et pourraient-ils se cacher dans les souterrains de la place de la Géhenne ? Pas le temps de réfléchir. Suivant leur capitaine, les Rats Crevés détalèrent sur les pavés brûlants sans l'ombre d'une hésitation. Derrière eux, des voix criaient « Des fuyards, là-bas ! Rattrapez-les ! » Mais sous leur lourde armure, aucun guerrier mort ou vivant ne pouvait espérer rattraper une équipe de headball en plein sprint. Déjà, le carrefour avec la rue Royale était là et Golgotas hurla « À droite !!! » avant de se retrouver face à une ligne de soldats qui barrait toutes les issues. Sans ralentir une seconde, Le Gol se jeta en avant comme pour percer une ligne de défense et, renversant quelques démons éberlués, se releva aussitôt pour continuer sa course folle. Derrière lui, Zényrophon était passé mais les autres n'avaient pas eu cette chance et étaient en train de se battre. Il serra les poings et jura une nouvelle fois de faire payer le Grand Prêtre de la Mort. Mais les deux derniers Rats Crevés en fuite n'étaient pas pour autant sortis d'affaire. Les troupes de Croatoan étaient maintenant partout et de nombreux démons les coursaient de très près. Leur situation allait de mal en pis car des combats contre des factions lucifériennes semblaient déjà faire rage dans les souterrains devant eux. « On est foutus », pensa Golgotas, pris en tenaille mais heureux de voir que la prise de pouvoir de Croatoan rencontrait une violente opposition. « Plus qu'à sortir son sabre et vendre chèrement sa peau ! » Mais une étincelle d'espoir se ralluma soudain en lui. Place de la Géhenne, ils n'étaient qu'à deux pas du boulevard des Mauvaises Herbes.

— Viens ! lança-t-il à un Zényrophon. Il nous reste peut-être une chance !

Ils accélérèrent de plus belle et, profitant du chaos qui régnait dans ce quartier de Pandémonium, ils réussirent finalement à atteindre l'immeuble qui tenait plus de la forteresse médiévale que de l'hôtel particulier. Au sommet de sa plus haute tour, un armadragon se reposait, indifférent à l'agitation. Golgotas se rua alors sur une grande porte cochère en platine et en tambourina les larges battants avec l'énergie du désespoir : leurs poursuivants, s'ils ne les avaient pas encore repérés, étaient à nouveau en vue. Une vieille gargouille à tête de bouc et en or massif se réveilla enfin et les observa avec hostilité.

— Si vous croyez que je vais ouvrir à des pillards quand la ville est à feu et à sang, vous vous trompez lourdement ! déclara-t-elle, méprisante.

— Nous ne sommes pas des pillards. Je suis Golgotas Gore et je voudrais voir Lilith ! Dépêchez-vous de la prévenir !

La gargouille maugréa et après d'interminables secondes, la porte s'entrebâilla enfin.

— Mademoiselle Sanguinante veut bien vous accorder une audience, déclara la tête de bouc avec emphase.

Mais Golgotas et Zényrophon avaient déjà refermé derrière eux.

Dans la salle du trône, Croatoan faisait les cent pas avec une nervosité pour une fois non dissimulée. Il s'arrêta brusquement avec l'arrivée d'un garçon sur le crâne duquel un petit mille-pattes était accroché.

— Alors ? interrogea le Grand Prêtre de la Mort. Quelles sont les nouvelles ?
— Le jeune Darius a réussi à s'échapper, malheureusement, Votre Majesté. Apparemment en compagnie d'humains...
— Des humains ? s'étonna Croatoan. Je n'aime pas ça, Scutigera ! Tu as intérêt à le retrouver rapidement si tu veux terminer ta croissance !
— J'ai déjà un plan, Ô souverain des Enfers. Je vous apporterai sa tête d'ici peu.
— Je l'espère. Plus le temps passe et plus il pourrait prendre conscience de sa puissance. Puis en se redressant : Et Pandémonium ?
— La ville est à vous corps et biens, Mon Maître. Ceux qui ne vous reconnaissaient pas sont morts.

Le garçon mille-pattes se tut un moment avant d'ajouter :
— Il est temps.

Croatoan acquiesça imperceptiblement avant de se diriger vers la cloche de cristal.
— Oui. Il est grand temps.

Il enfila alors un gantelet et d'un coup sec brisa le fragile dôme minéral. La Couronne de Fer luisait d'un éclat noir et Croatoan s'en saisit après une vague hésitation. Il la déposa sur son front avec un sourire de triomphe.
— Enfin ! jubila-t-il. Je ne fais plus qu'un avec les Enfers.

Et comme pour souligner ces paroles, un énorme tremblement de terre secoua alors Pandémonium et ses cercles autour d'elle. Un séisme si puissant qu'il se répercuta dans tous les univers et jusque sur la Terre des hommes.

29

Dans la chambre de Vladimir, le jour naissant éclairait d'une lueur blafarde deux groupes bien distincts : Darius et Zorg d'un côté qui, par la petite fenêtre rendue opaque à force de poussière et de pollution contemplaient béatement le soleil qui se levait sur le monde, tandis qu'à l'autre bout de la pièce, en rangs serrés, les yeux fixés sur les nouveaux venus et les nerfs à vif, se tenaient Judith et ses amis. Cette dernière repassait dans sa tête les explications du jeune démon qui avait fui l'Enfer et qui prétendait ne pas vouloir leur faire de mal. Il affirmait aussi que le zombie qui l'accompagnait ne se nourrissait pas de chair humaine… C'était quand même un peu gros à avaler et Judith luttait contre la formidable envie de se casser d'ici et de rentrer chez elle. De toute manière, personne ne voulait rester avec ces monstres et s'ils étaient encore tous là, c'était uniquement pour soutenir Vladimir. Lorsque Darius leur avait « demandé asile », pour reprendre ses propres mots, ce n'était pas comme s'ils avaient eu le choix. Il avait beau répéter ses bonnes intentions, c'était un démon qui pouvait arracher une portière à mains nues, donc pas vraiment le type qu'il fallait contrarier. Du coup, Vlad s'était sacrifié. Il avait proposé de les ramener chez lui vu que sa mère se foutait complétement de ce qui se passait dans sa maison tant qu'elle avait de quoi picoler et qu'elle pouvait entendre ses conneries à la télé. Les autres avaient tous des parents un peu plus regardants... Mais maintenant qu'ils étaient tous réunis dans cette pièce, c'était quoi le plan ? Qu'allait-il se passer si ces créatures commençaient à avoir faim ? Pour l'instant le mort-vivant semblait perdu dans ses pensées et Darius s'était retourné pour observer la chambre. Son regard aux reflets incandescents s'arrêta un instant sur les posters du pentagramme sanguinolent et des Profanateurs, glissa sur une figurine d'*Alien Versus Predator* ainsi que sur une énorme chope de bière sur laquelle était gravé le nombre 666 avant de s'arrêter sur eux.

— Êtes-vous des adorateurs de Satan ? demanda-t-il alors presque naïvement.

Vladimir, qui devait déjà en être à son troisième paquet de clopes depuis une petite demi-heure, se crut obligé de répondre :

— En fait... non, pas vraiment... On... on s'intéresse à l'occulte surtout...

— Étrange... Quand on voit tout ça, continua Darius en désignant la déco d'un geste, on se dit que vous ne devriez pas être aussi terrorisés par mon ami et moi... À moins que vous ne vous mentiez à vous-mêmes ?

Le jeune démon était impressionné par la facilité qu'il avait de lire en eux. C'était comme si leurs moindres péchés ainsi que leurs plus inavouables faiblesses clignotaient devant lui au son des trompettes. Il avait étudié ça en cours, évidemment, mais c'était la première fois qu'il en faisait l'expérience. Quel avantage fantastique et quelle arme pour manipuler les mortels ! Les pauvres n'avaient strictement aucune chance et il s'en réjouit méchamment avant de se reprendre :

— Je vous remercie encore pour votre assistance et...

— Vous prétendez ne pas vouloir nous faire de mal, le coupa alors Charlie d'une voix absente. Pourtant, des choses atroces sont en train de se passer et, comme par hasard, vous débarquez sur Terre à ce moment-là... Vous comptez nous dire ce qui se passe ou juste faire du couchsurfing ?

La jeune fille paraissait si calme, si détachée comparée à ses amis mais Darius sentit pourtant, émanant de sa peau, la puissante odeur de la peur et du désespoir. Il jeta un rapide coup d'œil à Zorg, qui commençait à s'intéresser à la conversation. Charlie en profita pour interpeler le zombie :

— La fin du monde ? T'en penses quoi ?

— Un nouveau pouvoir grandissant aux Enfers déstabilise l'équilibre entre la vie et la mort dans les Univers. Certaines petites « anomalies » ont pu en effet se produire ici. Si Croatoan, le Grand Prêtre, devient réellement le nouveau Prince des Ténèbres, cela fera inéluctablement écho sur Terre. Mais l'apocalypse ? Je l'ignore.

— Pourquoi prétends-tu que l'heure de la Révélation[10] a sonné ? demanda Darius à la jeune fille.

---

10. Apocalypse signifie « révélation » en grec ancien. C'est pour cette raison que le terrible dernier chapitre de la Bible est aussi appelé « le Livre des Révélations ».

— On a vu des morts-vivants ! Enfin d'autres morts-vivants, précisa Judith avant que Charlie n'ouvre la bouche. Et ce n'est pas vraiment habituel ici !

— Nous le savons de source sûre, ajouta Seb avec un brin de suffisance, un esprit m'a prévenu !

— Un esprit ? Quel esprit, jeune prétentieux ? questionna Darius tout en se demandant bien pourquoi il avait besoin de balancer des jugements pareils.

— Une âme bienveillante qui nous a prévenus de votre arrivée ! C'est pour cela que nous étions à Pétrogaz cette nuit ! Elle s'appelle Carmen.

Carmen. Les cœurs du jeune démon firent des bonds dans sa poitrine. Serait-ce seulement possible ? Le destin était une chose bien étrange. Mais cela pouvait n'être aussi qu'une cruelle coïncidence. Zorg, qui comprenait le trouble de son ami, s'avança vers Seb qui recula instinctivement sur les genoux de Charlie.

— Peux-tu rentrer en contact avec elle maintenant ?

— Euh... Oui, bien sûr... répondit-il. Il me faut juste une planche de Ouija et on peut essayer... Vous la connaissez ?

Cinq minutes après, les rideaux étaient tirés et Seb, les doigts posés sur le morceau de bois, invitait ses amis à le rejoindre. Dans la pénombre hors du cercle, Darius et Zorg n'osaient même pas espérer. La voix du jeune homme s'éleva alors :

— Par les cieux et les territoires de l'esprit. Par-delà la mort et la corruption du corps. Je me tiens avec le plus grand respect... Qu'il n'y ait nul démon, ni force démoniaque ! – Il jeta un regard d'excuse vers Darius – Je suis là humblement pour parler aux esprits... Carmen, es-tu là ?

Pas de réponse.

— Carmen ! Je t'appelle humblement. Carmen, es-tu là ?

Le silence pendant cinq bonnes minutes. Seb commençait à avoir chaud sous les aisselles.

— S'il te plaît Carmen, es-tu là ?

Rien.

Vladimir fut le premier à briser la chaîne pour aller s'allumer sa soixante-troisième clope.

— Laisse tomber ! Tu commences par demander l'absence de démon alors qu'il y en a un posé sur un pouf en face de toi. Ça part mal ! Moi ce que je comprends, continua-t-il en s'échauffant, c'est que si votre petite histoire est vraie, on va avoir l'Enfer aux fesses à cause de vous !

Comme pour ponctuer cette déclaration, la vitre de la fenêtre vibra tellement dans son encadrement qu'elle se brisa, tous les livres et bibelots autour d'eux dégringolèrent des étagères et le cendrier archiplein se pulvérisa au sol. La petite lampe se prit un instant pour un stroboscope avant de s'éteindre complètement avec la coupure du courant. La terre s'arrêta alors de trembler tout aussi soudainement qu'elle avait commencé et un silence épais tomba sur eux. Zorg étreignit la main de Darius.

— Ce n'est pas normal… Un séisme de cette amplitude… Croatoan a dû s'emparer de la couronne !

— Il n'aurait pas osé… articula Darius qui savait pourtant au fond de lui que le zombie avait raison.

Le silence sembla s'éterniser avant d'être brisé par un cri, là, dehors. Puis un deuxième. Rapidement, des hurlements s'élevèrent un peu partout dans la ville et Darius, en voyant la mine terrifiée de Judith, tenta bêtement de la rassurer :

— Ne vous inquiétez pas. Je suis sûr que ce n'est rien…

De simples mots. Un infernal mensonge, il le savait. Car qui pouvait maintenant ignorer que le cauchemar avait bel et bien commencé ?

30

La réalité se modifia immédiatement après les dernières secousses sismiques. D'abord lentement, par petites touches horrifiques : là, à quelques rues de la maison de Vladimir, une vieille femme ouvrit les yeux lors de sa propre veillée funèbre et, se redressant sous les yeux ébahis de sa famille, entreprit de manger son petit-fils. Plus loin, un accidenté de la route, décédé à l'arrière de l'ambulance, se jeta à la gorge du conducteur, créant un nouveau carambolage mortel. Ailleurs, un homme qui pleurait à chaudes larmes sur le corps de son chien, se releva plein d'espoir en sentant une patte bouger… mais déchanta salement lorsque Milou se jeta sur lui, babines sanglantes retroussées. Puis, au fil de la journée, les choses basculèrent franchement. Dans les hôpitaux, les morgues se vidèrent de leurs pensionnaires affamés qui se répandirent dans des couloirs repeints en rouge. Au muséum d'égyptologie, les sarcophages s'ouvrirent et les momies massacrèrent sans pitié les visiteurs. Et dans les cimetières, enfin, les tombes finirent par s'ouvrir et des légions plus ou moins décomposées se déversèrent sur le monde.

Présentement, par la fenêtre à la vitre brisée, le petit groupe d'adolescents regardait la rue avec un mélange d'effroi et d'incrédulité. En quelques minutes à peine, un banal petit matin s'était transformé en scène de terreur. Pour des raisons encore inconnues aux jeunes humains, des gens couraient dans la rue dans tous les sens. Des voitures s'étaient rentrées dedans au carrefour juste en bas et avaient été laissées là, bloquant la circulation. Pour ajouter à l'ambiance cauchemardesque, enfin, un camion-citerne avait pris feu dans le quartier et une fumée nauséabonde couvrait la lumière du soleil d'un épais voile noir.

— Mais qu'est-ce qui se passe, bordel… ? souffla Vladimir en serrant Janice dans sa poche.

La réponse ne se fit pas attendre et s'incarna sous les traits du flic qui avait vidé son chargeur devant eux quelques heures, ou quelques siècles, plus tôt. Le type était presque méconnaissable. Couvert de sang séché, le visage d'un gris cadavérique, il avançait en titubant comme la mère de Vlad après deux bouteilles de gin. Mais le pire, c'était son bras droit, même si le cerveau de l'observateur se refusait tout d'abord à accepter ce qu'il voyait. De l'épaule à la main, il n'y avait en effet plus trace de chair. Le radius et l'ulna d'abord et, au-dessus, l'humérus ; les os mis à nu éclataient de blancheur ! Derrière lui, d'autres morts-vivants suivaient en chancelant sur leur membres moisis. Si lents que ça en était presque risible. Sauf que leur apathie et leur stupidité étaient largement compensées par leur nombre et qu'il en surgissait maintenant de toutes parts, coinçant quelques malheureux. Pour ne pas assister à l'effroyable festin, Judith se détourna vite de la scène et se laissa glisser sur le sol, dos au mur. Tremblante des pieds à la tête, elle lutta quelques exaspérantes minutes pour sortir le portable de son jean un poil trop serré, vite imitée par le reste de la bande. Une sonnerie. Deux.

Trois. Puis, enfin, la voix d'un parent. Le soulagement qui relâchait le diaphragme et la respiration qui reprenait : « Tout le monde va bien. On est enfermés à la maison. » Et ensuite un conseil, toujours le même : « Surtout reste où tu es ma/mon chéri(e) ! Promets-le-moi ! » Pas d'inquiétude, ce n'était pas comme si quelqu'un voulait sortir dans cet enfer. Darius, lui aussi, suivait la scène avec émotion. Mais ce n'était pas la rue qui l'intéressait, non. Pour un habitant de Pandémonium, la situation n'avait en effet rien de terrifiant ou d'extraordinaire. Ces mortels pleins de terreur, mais aussi follement inquiets pour leurs proches, étaient en revanche fascinants. Touchants même. Ne restait plus que Seb qui rappelait pour la dixième fois et tombait encore sur le répondeur.

— Mais qu'est-ce que tu fous ?! Réponds, putain ! s'énervait-il en passant d'un numéro à l'autre sur son téléphone.

— Essaye le fixe, conseilla alors Charlie en lui posant une main molle sur le genou.

— J'arrête pas ! Tu crois quoi ? Mais personne répond ! aboya-t-il en se relevant. Putain, c'est la merde !

— Il peut y avoir mille raisons pour ça, répliqua fermement Vladimir. T'imagines pas direct le pire !

Puis en regardant les morts envahir de plus en plus la rue :

— Moi je vais aller checker la vieille et barricader la porte !

— Bonne idée, je viens t'aider, lança alors Darius qui avait besoin de s'aérer de tous les sentiments qui tourbillonnaient en lui.

L'inquiétude de ces fils et filles d'Adam qui le renvoyait directement à la mort de son père qu'il n'avait en fait presque pas connu. L'empathie aussi pour leur détresse, qu'il ressentait à vif, et puis, derrière tout ça, l'envie noire et profonde de participer au massacre…

Vladimir déglutit, hocha nerveusement la tête, genre : « Ok, si tu veux… Dans le cas présent, ça peut être pas mal d'avoir un type comme toi à ses côtés… », avant de sortir de la chambre suivi du jeune démon. La maison était calme, les volets étaient tirés. Au rez-de-chaussée, le son de la TV avait été coupé et sur l'écran défilaient sans bruit des images atroces et des journalistes visiblement terrifiés. Du fond du canapé s'élevaient de faibles ronflements et une bouteille vide couchée sur la moquette indiqua à Vladimir qu'ils étaient tranquilles au moins jusqu'à midi. Ils traversèrent prudemment l'entrée et s'approchèrent d'une grosse commode en bois stratifiée sur laquelle un écureuil empaillé reposait sur une fausse branche de noisetier. Cette dernière était gravée « Monsieur Queue-Touffue »…

— Je pense que ça peut faire l'affaire, proposa Vladimir en désignant le meuble d'un geste nerveux.

Sans le moindre effort, Darius souleva alors le buffet pour condamner la porte d'entrée.

— C'est bon. Tu veux réveiller ta mère ?

— Non, non ! Laissons-la dormir, on a assez de problèmes comme ça…

De retour dans la chambre, Seb était encore en train de se battre avec son portable tandis que les autres l'observaient sans savoir comment réagir. Zorg, lui, installé au petit bureau, était plongé dans *Les Mémoires du Chaos*, subtilisés au manoir Gore.

— Des choses utiles ? demanda Darius en s'asseyant près du zombie.

— Mmmm… Pas encore mais c'est vraiment passionnant… Je comprends pourquoi ce livre n'est réservé qu'à des lecteurs avertis…
— Putain ! J'ai plus de batterie ! Judith, dis-moi que tu as ton chargeur ! s'exclama soudain Seb.

La jeune fille retourna son sac pour aller plus vite et tendit l'objet à son ami. Darius, bien malgré lui, ne pouvait pas s'empêcher de la regarder. C'était étrange de se dire que sa mère était une mortelle comme elle. Elle semblait si fragile, si douce, complètement à l'opposé de Lilith. Ses cheveux blonds brillaient comme une rivière d'or pur et sa chair d'albâtre vibrait pour contenir son âme. En un éclair noisette, les yeux de la jeune fille se braquèrent alors sur le jeune démon perdu dans sa contemplation. Malgré lui et de façon assez détestable, il se sentit gêné par ce regard. Heureusement, Seb, encore, détourna l'attention.
— Bon, je lâche l'affaire…déclara-t-il en empochant son portable chargé à 2 %. Faut que j'aille pisser !
— Tu veux que je t'accompagne ? lui demanda alors Charlie qui luttait contre son apathie.
— Non merci, c'est bon ! Je peux la tenir moi-même… rigola-t-il alors que personne, et surtout pas lui, n'avait la moindre envie de plaisanter.

Dans le couloir, il s'arrêta un instant pour reprendre sa respiration et s'essuyer le front. Enfin seul, il passa devant les toilettes sans s'arrêter et descendit l'escalier en silence. Ignorant la mère de Vladimir ronflant au fond du sofa, il se dirigea vers l'entrée. Il avait vérifié là-haut : dans la rue, il n'y avait quasiment plus de monstres, c'était sa chance. Ils étaient si lents de toute manière ! Très, très, doucement, centimètre par centimètre, il décala alors la commode sur laquelle se débattait un horrible petit écureuil poussiéreux. Purée, qu'elle était lourde ! Après une bonne suée, il y parvint. La voie était libre. Petite hésitation vite balayée. Il n'avait pas le choix. Ils l'auraient empêché de partir, ou pire encore, ils l'auraient accompagné… D'une main tremblante, il ouvrit la porte et se glissa dehors. Comme prévu, la rue était déserte. Il referma rapidement et se glissa entre deux voitures... Il s'élança ensuite sans bruit dans l'inconnu. S'il était prudent, il pouvait s'en sortir ! Ils pourraient tous s'en sortir !

Derrière lui pourtant, un mauvais courant d'air venait d'entrebâiller la porte mal fermée…

31

Le palais Sanguinante tout entier trembla sur ses fondations, envoyant les deux fugitifs directement au tapis. Autour d'eux, des dizaines de chandeliers de cristal gris se fracassèrent sur le sol du vestibule richement décoré. Puis le séisme s'arrêta aussi soudainement qu'il avait commencé et Golgotas se releva devant une fresque représentant le couronnement de Lucifer, roi des Enfers, de la Terre et du Ciel.

— Qu'est-ce qui s'est passé ? ricana Zényrophon qui aimait les sensations fortes.

— Il a dû mettre la couronne... Mais il le paiera, je le jure devant Satan ! grogna le Gol qui ne pouvait quitter l'impressionnant tableau des yeux.

La peinture habillait tout un mur et Lilith, comme ses parents, y avaient été représentés en bonne place à la droite du Prince des Ténèbres et de son fils. Ce dernier brandissait le Glaive Écarlate destiné à soumettre les mondes et son visage avait été volontairement caché dans un heaume noir. En haut de la toile, à la tête de ses légions infernales, on pouvait aussi y voir le père de Golgotas, Lavinius. Son visage était si réaliste que le jeune démon sentit une nouvelle bouffée de rage lui contracter les entrailles. Perdu dans la contemplation de ce qui aurait dû être l'avenir, Le Gol n'entendit pas Lilith arriver :

— Qu'est-ce que vous faites ici tous les deux ? demanda-t-elle froidement. Puis en fusillant Golgotas de ses yeux verts :

— Et pourquoi pisses-tu le sang chez moi ?

Étonné, ce dernier contempla la flaque écarlate qui s'élargissait sur le tapis et remonta le trajet du sang jusqu'en haut de son bras droit. La coupure était profonde mais il ne sentait rien. Il avait dû être touché alors qu'il enfonçait le barrage des gardes de Croatoan rue Royale.

— Comme tu le vois, on a des problèmes, grogna Le Gol. On a besoin que tu nous planques le temps que ça se calme là dehors...

— Vous êtes stupides de vous battre contre Le Grand Prêtre... Et encore plus stupide de venir chercher un abri ici ! cracha-t-elle en saisissant une couverture de soie sur un fauteuil voisin.

Elle la lança à Golgotas. Puis après un court silence, continua d'une voix plus douce :

— Mets ça sur ton bras. Toi, Zényrophon, roule le tapis et amène-le. Allez... suivez-moi...

Les deux amis échangèrent un regard avant d'emboîter le pas à la jeune démone. Ils remontèrent trois volées de marches sans croiser personne et franchirent une porte que Lilith ferma à clé derrière eux.

— Vous êtes à mon étage, expliqua-t-elle. Personne ne rentre ici sans mon autorisation. Pas même mes parents. Ça devrait aller si vous restez discrets.

Sur un geste de la maîtresse des lieux, Golgotas s'assit alors sur une banquette en peau de loup.

— Calme-toi, ordonna-t-elle, et raconte-moi ce qui s'est passé.

Puis en se tournant vers Zényrophon :

— Pose le tapis ici et va dans la pièce à côté. Tu y trouveras une carafe de sang et un baume d'âme sur le secrétaire. Cela devrait suffire à soigner ton capitaine.

Mais l'air sarcastique de la petite princesse commençait à sérieusement agacer Golgotas qui se releva aussitôt pour la dominer de toute sa hauteur.

— Et toi, peux-tu expliquer pourquoi tu sembles honteuse de nous cacher dans la maison Sanguinante alors que ta famille est liée plus qu'aucune autre à Lucifer ? demanda-t-il, menaçant.

Lilith, nullement impressionnée, regardait tranquillement Golgotas dans les yeux, un petit sourire narquois accroché à ses lèvres.

— Mes parents t'apprécient beaucoup, Golgotas, mais ils ne pourraient se permettre de protéger un ennemi de Croatoan.

— Et pourquoi donc ? vociféra alors Le Gol qui sentait une envie de meurtre monter en lui.

— Car ils lui ont fait allégeance, répliqua calmement la démone comme si elle débitait une évidence.

Golgotas, lui, était prêt à imploser :

— Mais... Mais... DES TRAÎTRES ! TOUS DES T...

— Calme-toi je te dis ! répliqua-t-elle en lui balançant une claque retentissante dans la mâchoire. N'insulte pas ma famille, s'il te plaît. Cette trahison est évidemment une manœuvre de leur part. Mon père croit avoir trouvé un moyen de se débarrasser de l'usurpateur mais pour cela il faut qu'il trouve la Chapelle Maudite.

Zényrophon entra alors avec le sang et un flacon contenant une matière étrangement lumineuse. Lilith lui prit le baume des mains et, s'approchant de la blessure de Golgotas, qu'elle avait fait rasseoir, l'appliqua délicatement autour de la plaie. Une immense chaleur irradia dans tout le côté droit du corps de l'adolescent et l'hémorragie s'arrêta, tandis que le visage de la jeune démone affichait une étrange expression. Zényrophon aurait parié qu'elle avait bel et bien rougi. Le Gol, lui, était trop abasourdi par les dernières révélations pour remarquer ce changement.

— Qu'est-ce que tu veux dire... ? finit-il par balbutier sottement.

— Je veux dire qu'une fois morts, mes parents ne pourraient pas chercher l'arme susceptible de tuer Croatoan. La seule solution, c'est de jouer les traîtres. Rôle un peu difficile à tenir en protégeant le fils de Lavinius.

— Tu vas nous balancer, alors ?

— Dis pas n'importe quoi, répondit-elle en haussant les épaules. En revanche, mes parents...

— Mouais, soupira Golgotas. Je vois le genre. Et ton père pense vraiment qu'une arme est planquée dans la Chapelle Maudite qui n'est trouvable que par Lucifer lui-même ?

— Certaines écritures le sous-entendent en tout cas. Mes parents le croient aussi. Et ils n'auront de cesse de trouver la Chapelle avant le Grand Prêtre.

— C'est un jeu dangereux et stupide... Surtout maintenant qu'il a osé mettre la couronne, cracha Le Gol en palpant son bras dont l'entaille venait tout juste de se refermer.

— Pas plus dangereux et stupide que le tien ! répliqua Lilith. Vous me racontez ce qui s'est passé ?

Les deux fugitifs échangèrent à nouveau des regards de vétérans et Golgotas s'enfonça dans l'épaisse fourrure du divan.

— J'ai merdé, déclara-t-il alors. On a voulu attaquer quelques soldats de Croatoan et une armée entière nous est tombée dessus.

— Sans compter que les types ne pouvaient pas mourir... ajouta Zényrophon qui vidait goulument la carafe de sang frais.

— Mon père m'avait dit que Croatoan voulait soumettre Pandémonium par la force, commenta Lilith. Vous êtes tombés au mauvais moment.

— Sans blague ! s'énerva Golgotas. En tout cas, mes gars sont tous morts, maintenant, tous les Rats Crevés ! À part Zényrophon et moi...

— Et Oxyblas, le petit malin, ajouta l'autre en se léchant les babines.

— Ce petit con a été assez intelligent pour ne pas me suivre, c'est vrai.

Lilith découvrit alors ses belles dents dans un sourire mauvais.

— Moi je sais pourquoi il ne vous a pas rejoints, ricana-t-elle. Mais je ne crois pas que vous allez aimer...

— Dis-nous, on n'est plus à une mauvaise nouvelle près.

— La famille d'Oxyblas s'est mise au service de Croatoan. Elle lui a juré fidélité dans la salle du trône devant toute la noblesse.

— Et alors ? Vous avez fait pareil ! répliqua Le Gol avec une nouvelle bouffée de mépris. Il peut faire semblant lui aussi.

— Peut-être, concéda Lilith. Ou peut-être pas...

Elle avait raison. Avoir un démon frappeur comme Oxyblas dans sa manche était un atout pour Croatoan. Et comme Darius ignorait tout de sa possible trahison, il ne se méfierait pas si l'autre parvenait à le retrouver... Non, dans le doute, il fallait considérer Oxyblas comme un ennemi et prévenir son cousin le plus rapidement possible. Mais comment faire alors que ce dernier était planqué sur Terre ? De façon ironique, il se retrouvait dans la même situation que le Maître des Coquilles Vides : incapable de localiser et de contacter les fugitifs. Comme si la jeune démone avait pu suivre le cours des pensées de Golgotas, elle l'interrompit dans ses réflexions :

— Et Darius ? Il est mort lui aussi ?

Le visage de Lilith reflétait l'inquiétude requise, sans plus. Darius et elle étaient censés être promis l'un à l'autre et il était donc normal qu'elle s'enquière du devenir de son futur époux. Pourtant Le Gol savait bien que, même si son cousin avait un faible pour l'héritière Sanguinante, celle-ci le méprisait. La démone était intelligente et Golgotas pouvait se demander si elle ne l'avait pas abreuvé de demi-vérités juste pour localiser Darius... La confiance était une denrée rare en Enfer, et le fils de Lavinius regretta l'espace d'un instant qu'il en soit ainsi.

32

Seb, accroupi derrière le cul d'un camion de glace maculé d'hémoglobine, reprenait sa respiration. Il venait de sprinter un cent mètre de folie, plié en deux, si stressé qu'il en avait retenu son souffle tout le long. Il faut dire que la rue était pire à hauteur d'homme que de la fenêtre du premier étage. La puanteur, surtout, lui donnait la nausée. Un mélange de chair moisie (bien qu'il ne soit pas certain d'en connaître l'odeur), de sang et de merde (là, il était formel). Pour l'instant, il avait quand même eu de la chance et, depuis le groupe d'une dizaine de morts-vivants planqués dans une ruelle près de chez Vladimir qui avaient failli le repérer, c'était plutôt calme. Juste les reliefs de la fête ; un peu de rouge ici, un peu de rouge là, une voiture encastrée dans la vitrine d'un magasin de chaussures ici, un bout d'intestin grêle mâchouillé dépassant de derrière la benne à ordure là-bas... Plus que quelques pâtés de maisons à franchir. Si tout continuait à se dérouler aussi facilement, il prendrait une bonne douche chez lui dans dix minutes à peine. Et il verrait ses parents. Il imaginait très bien leurs retrouvailles à coup de « Bon Dieu, où t'étais ? On était morts d'inquiétude ! » et de « Putain, c'est vous qui répondez jamais au téléphone, vous êtes lourds ! ». Bien sûr, il appellerait aussi la bande pour les rassurer. C'était pas cool de se barrer comme ça mais il les connaissait, c'était le plus simple. Il espérait quand même que Charlie ne lui en voudrait pas trop, même s'il était clair qu'elle allait le lui faire payer. Rien que d'imaginer son amie furieuse, ça lui remontait le moral. « Allez, Seb ! s'encouragea-t-il. Bouge-toi les fesses ! » Prochaine étape : le mini-van couché sur le flan au bord de la route. Pour y arriver, il devait courir une cinquantaine de mètres à découvert. La voie était libre. Il s'élança comme une flèche et, cette fois-ci, en respirant, termina en glissade derrière son abri comme un joueur de base-ball arrachant un dernier home-run. « Yes ! », souffla-t-il en se relevant. Il avait la hargne, il était gonflé à bloc ! Mais le spectacle qui se dévoila derrière le fourgon calma immédiatement ses ardeurs : à quelques mètres de là, au coin de la rue, le patron du petit bureau de tabac avait juste eu le temps de baisser le rideau de fer sur lui et quelques clients. Malheureusement, excitée par leurs cris apeurés, une foule de zombies se pressait maintenant contre la grille métallique en la déformant dangereusement. Il devait y avoir une bonne soixantaine de morts-vivants, ce qui expliquait le calme relatif qui régnait ailleurs dans le quartier. Seb, saisi d'effroi, se représenta sans mal la terreur qui devait tenailler ces quelques hommes et femmes, faits comme des rats, avec comme seule perspective la destruction du rideau de fer et le claquement des mâchoires. C'était eux qui lui permettaient d'avoir le champ libre. Refusant de s'attarder plus encore devant ce triste tableau et se sentant vaguement coupable, le jeune homme se secoua et reprit sa course. Il était partout témoin de la même désolation, le même silence brisé par le passage de quelques hélicoptères kaki, les mêmes fenêtres aveugles où, parfois, un visage à peine entrevu disparaissait aussitôt. Enfin, il arriva devant la supérette en bas de chez lui où une voiture de police, capot ouvert, crachait une fumée noire. Les portes vitrées de l'épicerie étaient brisées et des impacts de balles étaient visibles un peu partout sur la devanture. « Ça a dû chauffer ici ! », pensa Seb en remarquant aussi les longues traînées de sang qui repeignaient la chaussée et les étals de la supérette. Il frissonna en pensant aux gens qu'il y croisait toujours quand il venait acheter un pack de lait, une barquette d'œufs ou un putain de paquet de biscottes suédoises pour sa mère ! Bon, dernière ligne droite : traverser la rue, faire le code, prendre les escaliers – pas le temps d'attendre l'ascenseur – glisser la clé dans la serrure. Dans son appartement, le dos calé contre la porte, il soupira de soulagement – il avait réussi ! – avant d'appeler ses parents :

— Papa ! Maman ! Vous êtes où ?

Pas de réponse. Son cœur rata quelques battements.

— Hé ! C'est moi ! Vous allez bien ?

Personne dans la cuisine. Personne dans le salon, les toilettes.

— Putain !

Les chambres vides. La salle de bain aussi.

— Putain ! geignit-il une nouvelle fois en sortant son portable éteint.

Dans un tiroir de la salle à manger, il cherchait un chargeur lorsqu'il vit le Post-it sur la table entre un kiwi et le couteau à pain. Au début, impossible de saisir le message, puis peu à peu s'insinua la compréhension et l'immense douleur : *On est allés faire quelques courses ! Il y a des restes de gratin dans le frigo ! Bisous !*

— Nonnonononononon... supplia Seb en revoyant la voiture de flics, les impacts de balles, le sang partout. Nonononononon...

Dans sa chambre, il arracha presque la porte de son placard pour en sortir son Ouija. Il tira les rideaux, s'assit face à la planche et tenta de calmer l'ouragan qui faisait rage en lui. Une respiration profonde. Puis une autre avant de se lancer :

— Qu'il n'y ait nul démon, ni force démoniaque ! Je suis là humblement pour parler aux esprits... Carmen es-tu là ?

Il attendit quelques longues secondes puis reprit avec rage :

— CARMEN, BORDEL, ES-TU LÀ !? Pourquoi tu ne me réponds plus ?!

Rien. Une simple planche de bois entre ses mains. Les larmes qui roulaient maintenant librement, petites taches grises sur la couette entre ses jambes.

— Carmen... Carmen, s'il te plaît... Mes parents... Mes parents sont-ils morts... ?

Toujours le même silence moqueur.

— Pourquoi... ? Pourquoi tu ne me parles plus ? Pourquoi m'as-tu demandé de rejoindre cet enfoiré de Darius alors que j'aurais pu être là pour mes parents !?

Soudain, la goutte se tendit sous ses doigts et le jeune homme reprit un semblant d'espoir. Elle était là ! Elle était enfin revenue et pouvait lui répondre ! Sur la planche, le mouvement débuta alors : « O...U...E...D...A...R...I...U...S »

— Où est Darius ? Tu rigoles, Carmen ? Mes parents sont peut-être morts et tu me parles de Darius ?!

Un temps d'arrêt puis, à nouveau, le mouvement :

— « P...A...C...A...R...M...E...N »

— Pas Carmen ! Merde ! s'écria Seb en se relevant et en jetant le Ouija à l'autre bout de la pièce.

La porte de sa chambre se claqua alors subitement et les stores électriques de ses fenêtres se baissèrent avec fracas.

— C'est quoi ce deli... bafouilla-t-il avant de voir la planche fonctionner toute seule :

« T...R...O...T...A...R »

Dans la zone trouble de l'Entre-Monde, de noires oreilles avaient en effet capté ses appels.

33

Bien malgré eux, affalés sur le petit lit ou allongés sur la moquette sale, les adolescents s'assoupissaient peu à peu. La nuit blanche, l'ascenseur émotionnel qui restait bloqué sur l'étage « terreur » avaient fini par avoir raison de leurs nerfs. Judith, qui préférait faire le guet, était la seule qui luttait encore pour garder ses paupières ouvertes, refusant de s'abandonner, et si elle jetait parfois des regards furibonds à Darius et Zorg, la chute d'adrénaline allait bientôt avoir raison d'elle. Après s'être demandé pourquoi Seb n'était pas encore revenu – où était-il allé déjà celui-là ? – son esprit perdit la partie et la respiration profonde de ses amis l'entraîna à son tour dans l'oubli. Elle s'écroula doucement sur la cuisse de Charlie. En face d'elle, Darius la contemplait avec discrétion : comment le Comte avait-il réussi à séduire une créature aussi fragile et pure que celle-ci ? C'était un mystère de plus pour le jeune démon. Perplexe, il tourna la tête vers le zombie qui venait de délaisser *Les Mémoires du Chaos* pour *Le Livre du Néant*.

— Du nouveau ?

— Sur la prophétie et ce qui t'arrive non, pas encore... répondit finalement Zorg après un long silence.

Puis, en tournant une lourde page de peau humaine :

— Mais des choses très intéressantes sur ce cher Croatoan.

— Je t'écoute ! l'encouragea Darius avec une pointe d'impatience.

Son ami appuya inutilement un doigt sur la monture de ses lunettes, comme pour les remonter le long de son nez absent, avant de reprendre la parole :

— Dans l'introduction du *Livre du Néant*, les écritures nous rappellent que la Mort ainsi que le Péché sont les premiers enfants du plus grand des anges déchus.

— Oui, ça je le sais, la mort est fille de Satan. C'est aussi dans l'Anti-Bible. On a vu cette histoire mille fois avec M. Béliak.

— Certes, mais il y a un chapitre entier sur le Grand Prêtre qui relate comment le Prince des Ténèbres a daigné lui laisser gérer sa descendance pour se consacrer uniquement à la ruine du Ciel. Tu comprends ça, Darius ? Gérer...

Le jeune démon commençait à saisir ce que voulait insinuer Zorg. C'était presque trop énorme.

— Tu veux dire que la Mort n'est pas l'esclave de Croatoan et qu'il en est juste le gérant temporaire ! Que le Maître des Coquilles Vides n'est en fait le maître de rien du tout et qu'il peut lui aussi être envoyé dans les limbes ?!

— Exactement ! s'enthousiasma le zombie. Et il est même écrit de quelle façon il peut être éliminé !

— Ben vas-y ! Qu'est-ce que t'attends ? Dis-moi !

D'un air malicieux, Zorg se pencha vers la page couverte de minuscules hiéroglyphes bruns et se remit à lire :

— « Le Prêtre apprivoise la Mort mais celle-ci n'est qu'une avec Le Premier. Comme l'animal qui n'a qu'un seul maître, Elle se défie de tous les autres. Croatoan, à la gauche de

Lucifer, craint le bras droit de sa créature et se soumet à celui dont la main ne fume pas. »

Les espoirs de Darius s'évanouirent aussi sec.

— Qu'est-ce que ça veut dire ce charabia ? demanda-t-il, dépité.

— Eh bien, cela signifie que le bras droit de la Mort peut détruire Croatoan ! déclara le zombie avec exaltation.

— Oui. Et donc ?

— Et donc ? Et donc ? J'y travaille encore, avoua-t-il en se replongeant dans le vieux grimoire. Mais je vais trouver !

Ponctué par le bruit des pages qui se tournaient et les légers ronflements des mortels, le silence retomba dans la petite chambre. L'esprit du jeune démon reprit alors ses vagabondages et ces derniers l'entraînèrent jusque devant son vieux miroir de mercure. Son futur le dépeignait toujours comme un guerrier ivre de sang dans un monde en flammes. Ce monde. Mais maintenant qu'il se trouvait ici, au milieu de ces humains, il se demandait comment il pouvait être destiné à un tel avenir. Même s'il ressentait parfois des pulsions destructrices, la plus grande part de son être n'avait aucune envie d'anéantir la Terre… pour le moment. Il en était à ces réflexions lorsqu'un hurlement strident réveilla brutalement la chambrée.

— Waouh ! Qu'est-ce qui se passe ?! cria Vladimir d'une voix enrouée en se relevant d'un bond.

— Ça vient d'en bas, informa Darius qui se dirigeait déjà vers la porte.

— Où est Seb ? demanda alors Charlie qui reprenait conscience en panique.

« C'est vrai, il est passé où ce con ? pensa Vladimir qui reprenait ses esprits. On s'est tous endormis comme des enfoirés, j'espère qu'il a pas fait de conneries ! » Nouveau hurlement à faire péter la collection de verres à moutarde de sa chère mère.

— Putain ! Maman ! réalisa-t-il en se précipitant derrière le jeune démon. Maman !

En bas, la scène était terrifiante. La mère de Vladimir, en robe de chambre jaunâtre, avait déjà réduit la table basse en morceaux – apparemment en roulant dessus – et convulsait maintenant sur le tapis en gueulant comme une folle.

— Mais qu'est-ce qui t'arrive ?!

— AAAARRRG ! ENLÈVE-MOI CE TRUC ! ENLÈVE-MOI CE SALE RAT !

— Putain, mais qu'est-ce que tu racon… commença Vladimir avant de l'apercevoir : ses petites dents plantées dans la chair, un écureuil sans pattes s'accrochait en effet à l'énorme cuisse de sa mère. Même le rongeur avait apparemment fini par se réveiller lui aussi et, affamé, il avait dû rogner ses propres membres pour se libérer et attaquer la dormeuse.

— Lâche ma mère, sale petit enculé ! mugit Vladimir en se jetant sur la bestiole.

D'un geste précis, il saisit l'animal empaillé par le cou, profita qu'il se retourne, incisives en avant, pour l'arracher du cuissot de sa mère et le balancer à Darius. Ce dernier attrapa au vol le petit monstre et l'incinéra rapidement entre ses mains.

La mère de Vlad, sous le choc, se tourna néanmoins vers son fils avec humeur.

— C'est qui çui-là ?
— Ben tu les connais, c'est Damien et Judith...
— Je te parle du type qui vient de cramer ce salopard de Monsieur Queue-Touffue avec ses pognes !
— Ah ? Lui...
— Où est Seb ? demanda à nouveau Charlie qui les avait rejoints en bas.
— Il doit pas être bien loin, répondit Vladimir en laissant sa daronne en plan.
— Il est parti, répliqua Darius. La commode a été déplacée...

Comme il prononçait ces mots, la porte d'entrée s'ouvrit alors brusquement sur une vision de cauchemar. L'attaque de l'écureuil et les cris de sa victime n'avaient pas seulement attiré l'équipe de sauvetage mais aussi toute une meute de morts-vivants. L'œil jaune et les babines dégoulinantes de mucus, ils pénétrèrent en grognant dans la maison.
— Mais... mais... c'est quoi ces horreurs ! hurla encore la mère de Vladimir avant de retomber inconsciente sur son canapé.
— Putain non ! C'est pas le moment ! brailla son fils en la secouant sans ménagement. Ils vont te bouffer, vieille conne !

D'un bond souple et rapide, Darius se jeta alors entre l'adolescent et le premier mort-vivant. Il envoya valser le cadavre d'un revers de la main.
— Dépêchez-vous d'aider votre ami ! lança-t-il à Judith, Damien et Charlie toujours pétrifiés dans les escaliers. Montez-la dans la chambre !

Judith fut la première à reprendre le contrôle de ses membres malgré la peur qui la tenaillait. Elle rejoignit Vladimir qui peinait à soulever le corps inanimé de sa génitrice. À deux,

ils purent la bouger et prendre le chemin de l'étage. Entre eux et la porte, Darius faisait à présent face à une dizaine de zombies.
— Montez à l'abri ! les pressait-il en tenant les morts à distance à coups de morceaux de table basse.

Suant sang et eau, les adolescents, pliés en deux sous leur charge, semblaient gravir les derniers mètres de l'Annapurna.
— Putain, elle est lourde ta mère, geignit Damien qui sentait ses forces l'abandonner.
— Moins que toi, connard ! lui sourit Vladimir au bout de sa vie. Encore un effort les gars !!!

C'était tout juste. Ils venaient d'atteindre le haut de l'escalier lorsqu'une grande lumière provenant du rez-de-chaussée les aveugla littéralement, les enveloppant dans une chaleur de fournaise. Jetés au sol par le souffle brûlant, les paupières serrées, les adolescents attendirent que l'infernale lueur s'éteigne pour ouvrir à nouveau les yeux. Une odeur de cochon grillé flottait dans l'air tandis qu'un grand calme retomba dans la maison. La silhouette de Darius apparut bientôt devant eux, l'énergie pulsant encore de tout son corps. Son avant-bras montrait quelques vilaines traces de morsures mais il leur souriait.
— C'est bon. Ils sont grillés et la porte est barricadée. Je vais vous aider.

D'une main, il souleva alors la mère de Vladimir comme si c'était un lapin nain et la déposa gentiment sur son épaule.
— En revanche, désolé, j'ai probablement ruiné la déco du salon, ajouta-t-il avec un clin d'œil.

Dans la chambre, il déposa la matrone sur le lit dans un grincement de vieux ressorts. Les autres s'effondrèrent sur le sol en haletant tandis que Zorg, toujours plongé dans ses bouquins, n'avait sans doute même pas remarqué leur absence, ni leur retour. Dans son coin, Charlie tentait maintenant d'appeler le portable de Seb en se rongeant les ongles.

— Il ne répond pas ! Ça tombe direct sur sa messagerie !

— Il a dit qu'il n'avait plus de batterie, essaya de temporiser Judith.

— Ta gueule ! s'énerva soudain Charlie. T'as vu ce qui traîne dehors ?! T'en as rien à foutre de lui mais c'est pas mon cas.

Puis en se relevant :

— Moi, j'y vais !

— Ne fais pas ça ! Ça va aider personne que tu te fasses bouffer ! intervint Damien.

— Toi aussi ! Ta gueule ! Je fais ce que je...

— KRRAAAA ! KRRAAAAAA !

Deux énormes corbeaux s'étaient posés dans l'encadrement de la fenêtre et regardaient la scène de leur œil gauche, puis de leur œil droit, deux billes noires et glacées. Leur apparition soudaine désamorça l'engueulade en cours et interrompit même la lecture de Zorg.

— KRRAAAA ! KRRRAAAAAA ! répéta l'un des volatiles aux reflets bleutés.

L'autre ne disait rien car il tenait quelque chose dans son large bec. Judith retint son souffle lorsqu'elle le vit sautiller de la fenêtre au bureau, puis du bureau jusqu'aux pieds griffus de Darius. Là, il déposa une petite enveloppe avant de retrouver son congénère à la fenêtre et de s'envoler avec lui en lâchant des croassements sinistres.

— De quoi s'agit-il ? demanda alors Zorg à Darius qui ramassait l'offrande de l'oiseau.
— C'est une lettre, répondit le jeune démon stupéfait. Une lettre d'Oxyblas !

34

Sans hésiter, Darius saisit la tête grimaçante entre ses mains avant qu'elle n'ait pu mordre le mollet de Judith. Elle ne tarda pas alors à noircir avec un horrible petit grésillement. Cette odeur rappelait à Damien celle d'un barbecue entre amis et il trouvait ça terriblement dérangeant.

— Merci Darius, souffla l'adolescente sans regarder son sauveur. Je ne l'avais pas vu arriver, celui-là.

Mais ce dernier ne semblait pas l'écouter et scrutait la place devant eux. Depuis qu'ils avaient dépassé le petit bureau de tabac à la grille défoncée, les morts-vivants étaient bien plus nombreux et il devenait difficile pour le jeune démon d'assurer efficacement leur sécurité. Même s'il était vrai que Vladimir cognait fort avec « Janice », que Damien avait brisé quelques crânes avec son marteau, que Charlie maniait la batte comme une championne de l'American League et que Judith avait un swing mortel avec sa machette, sans lui ils n'avaient pas une chance. Sur la place, justement, une centaine de zombies tournaient en rond entre les voitures arrêtées portières ouvertes. Ils bloquaient clairement la voie vers le parc.

— Ça va être compliqué, confirma Zorg. Je me demande bien pourquoi Oxyblas n'est pas directement venu chez le jeune mortel.

La missive de son ami posait en effet de nombreuses questions. Quelques mots lapidaires, griffonnés d'une écriture anguleuse, n'avaient, malgré la nature du message, pas vraiment rassuré Darius : « Golgotas a trouvé une solution. Il ne peut pas te joindre. Retrouve-moi aujourd'hui au Parc du Fou. Près de la statue. Oxyblas. ». De quelle solution voulait-il parler ? Pourquoi Golgotas ne pouvait-il pas le contacter lui-même ? Et le zombie avait raison : pourquoi ce rendez-vous dans un parc au lieu de se rassembler chez les humains ? La curiosité et l'espoir avaient été les plus forts pourtant et, après un rapide mais délicieux casse-croûte composé de choses nommées « fromage », « pain » et « gâteau », ils étaient partis en laissant la mère de Vladimir en sécurité, enfermée chez elle. Au début, bien sûr, Darius avait insisté pour y aller seul mais il ne savait pas où se trouvait le fameux parc et surtout, les adolescents voulaient passer chez Seb. Il avait fini par céder.

— C'est là, lui chuchota Charlie en montrant la petite supérette. Son appart est juste au-dessus… Et en continuant la rue, on tombe sur le Parc du Fou.

— Sauf qu'il y a une manif de « La Mort Pour Tous » devant sa porte, grogna Vladimir.

— Je ne peux pas me battre contre tous les zombies de la Terre, déclara Darius, pensif. Il faut changer d'approche. Je pourrais peut-être servir d'appât pour les déplacer ?

— Non, ça ne fonctionnera pas, affirma Zorg en croquant dans cette fabuleuse nouveauté qu'était le cookie aux noix de pécan. La chair d'un démon est inintéressante pour eux, je sais de quoi je parle… En revanche, moi, je peux les mener ailleurs, comme le borgne guide les aveugles… Restez cachés là et avancez dès que la voie se libère.

Zorg avala alors sa dernière bouchée de biscuit et sortit de derrière la benne à ordure qui leur servait de cachette. De sa démarche traînante, il s'avança jusqu'au milieu du carrefour dans l'indifférence générale de ses semblables. Lorsqu'il atteignit enfin le centre de la place, il poussa une sorte de gémissement assez fort pour qu'il se répercute sur les façades des immeubles alentour. Immédiatement, les morts-vivants se tournèrent vers lui et attendirent. Maintenant que Zorg avait retenu leur attention, il se dirigea tranquillement vers l'avenue opposée à la supérette en marmonnant, rapidement suivi par tous les zombies fascinés.

— On va pouvoir y aller ! s'exclama Vladimir enthousiaste. Mais il aurait pas pu faire ça avant, ton pote ?

— Il est plutôt dans l'observation, expliqua Darius mal à l'aise.

Sans perdre un instant, ils se ruèrent donc dans l'immeuble – coup d'épaule de Darius en guise de code – et montèrent à l'étage. Lorsqu'ils arrivèrent devant la porte de Seb, le cœur de Charlie faillit s'arrêter pour de bon car celle-ci était entrouverte.

— Allons-y, souffla-t-elle pour elle-même.

Darius s'attendait presque à une scène de boucherie comme il en avait vu des centaines de milliers en Enfer mais non, l'appartement était vide. Pas de mort, pas de sang, pas de traces de lutte, juste l'absence triste et lourde. Et une petite odeur faisandée et minérale qui mit le jeune démon mal à l'aise : le fantôme d'Oxyblas semblait flotter dans l'air. « Impossible ! pensa-t-il en secouant la tête. Ça n'aurait pas de sens… »

— Je suis désolé, déclara-t-il alors aux mortels qui continuaient à fouiller l'appartement de pièce en pièce comme si leur ami allait soudain sortir du four ou d'un tiroir à chaussettes en criant « Surprise ! Je vous ai bien eus ! ». Il n'est pas là. Il faut continuer pendant que la voie est libre.

— Il a raison, finit par avouer Judith. Vu le nombre de morts-vivants qu'il y avait devant chez lui, il s'est sans doute planqué ailleurs ! Il faut qu'on se casse.

Tous les regards se tournèrent alors vers Charlie qui hocha imperceptiblement la tête.

— Ok...

Heureusement, dehors, la horde de zombie n'était pas revenue et ils purent s'engager sans encombre dans la rue qui menait au parc. Profitant du fait que Judith marchait près de lui, Darius se pencha légèrement vers elle.

— Tout à l'heure, quand j'ai parlé du Parc du Fou, vous avez fait une drôle de tête. Pourquoi ?

— C'est un parc désaffecté. Plus personne n'y va...

— Ce n'est pas tout, non ?

— C'est vrai. Personne n'y allait même quand il était ouvert. Comment dire... ? Ce n'est pas un « bon » endroit. Il y a plein d'histoires horribles liées à ce parc. Des meurtres d'enfants, des disparitions étranges. On racontait que si quelqu'un restait trop longtemps près de la statue du Fou, il finissait par perdre la raison et massacrer sa famille, ce genre de trucs. Bref, sa fermeture n'a fait de peine à personne et seuls quelques gamins vont encore y enterrer leur animal de compagnie. À leurs risques et périls...

— Je vois... soupira Darius dont le mauvais pressentiment ne cessait de prendre de l'ampleur.

Mais déjà les barrières de tôle ondulée se dressaient devant eux ainsi que la cime grise de grands pins décharnés.

— Charmant, n'est-ce pas ? lui demanda Judith d'un air entendu.

Mais pour Darius, ou n'importe quel autre habitant de Pandémonium, le paysage n'avait rien de bien extraordinaire et était même plutôt bucolique dans son genre. Il semblait pourtant évident que quelque chose de lugubre couvait sous ces arbres. Sans perdre de temps, il s'approcha donc de la tôle et y déchira un passage à mains nues dans un bruit de carambolage. La force du jeune démon avait de quoi rassurer Judith et ses amis qui se glissèrent à sa suite dans le parc... et ce fut comme changer d'univers. Ou au moins d'époque. De ce côté-ci des barrières, la ville avait comme disparu. De hautes herbes montaient jusqu'à la taille et la pénombre n'était pas seulement due à l'épaisseur du feuillage mais à l'atmosphère elle-même, plus opaque. Au bout d'un champ d'espèces d'étranges graminées se dressait la statue d'un homme, entonnoir sur la tête et œil qui frise, qui se penchait vers un petit lapin le doigt en l'air comme un maître d'école. L'ensemble aurait pu être mignon ou drôle mais il s'en dégageait plutôt une sorte de malaise indéfini. Peut-être parce que le lapin ressemblait à un énorme rat d'égout avec de longues oreilles. Peut-être parce que le pantalon du clown était un peu trop gonflé au niveau de l'entrejambe. Peut-être aussi parce que son sourire de bronze laissait entrevoir des dents beaucoup trop pointues... Darius fit le tour de l'œuvre d'art oubliée et manqua s'aplatir dans un trou fraîchement creusé. Autour d'eux, le sol était criblé de petites fosses.

Dans la tête de Darius, une alarme se déclencha. Il n'aimait pas du tout cet endroit et ce rendez-vous n'était pas une bonne idée.

— On s'en va ! Maintenant ! s'exclama-t-il en prenant la main de Judith qui tressaillit et la retira vivement.

— Qu'est-ce qui se passe ? demanda-t-elle, affolée autant par le geste de Darius que par l'urgence dans sa voix.

— Pas le temps d'expliquer, vite !

Mais, dans les herbes hautes, de nombreux grognements s'élevèrent alors. Des générations de chiens enterrés avec amour les observaient à présent avec un appétit de loup. Un petit rire bien connu s'éleva de la vieille statue :

— Tu viens d'arriver ! Ne pars pas tout de suite ! se moqua Oxyblas en surgissant de terre, encadré par des soldats de Croatoan.

« Évidemment, pensa Darius en serrant les poings, c'était un piège grossier et je suis tombé dedans comme un diablotin... »

Le Parc du Fou était une ancienne bouche des Enfers : ils étaient foutus.

35

Comment avait-il pu être aussi débile ? Faire confiance à Oxyblas !? Autant mettre sa main dans la gueule d'un serpent à sonnette en espérant qu'il ne morde pas ! Maintenant, il était là, coincés avec des mortels complétement affolés entre une meute de chiens pourrissants et une troupe entière de soldats de Croatoan qui sortaient de sous la statue en rangs serrés. À la rigueur, avait pensé Darius en un éclair, il aurait été encore possible pour lui de s'échapper. Courir à travers le champ de graminées, défoncer quelques museaux pleins de canines en passant, sauter au-dessus de la barrière et semer Oxyblas dans la ville qu'il connaissait un peu mieux. Mais ça voulait dire laisser les humains qui l'avaient aidé en pâture aux guerriers infernaux. Il ne pouvait s'y résoudre. Il serra les dents et se plaça devant Charlie en regardant le démon frappeur s'approcher, un petit sac plastique à la main. Instinctivement, il sut ce qu'Oxyblas transportait avec une fausse nonchalance ; le mal est prévisible. Sûr de son effet, l'ancien camarade de classe de Darius leur lança un sourire éclatant, dévoilant ainsi un patchwork impressionnant de dents irrégulières.

— Ah ! Ça me fait tellement plaisir de te revoir, ricana-t-il bêtement. Mais je vois que tu n'as pas tardé pour te trouver de nouveaux amis.

— Laisse-les tranquilles et dis-moi ce que tu veux !

Derrière Oxyblas se tenait à présent une cinquantaine de morts-démons, portant lances, glaives ou fléaux d'armes. Ils attendaient placidement que leur chef donne le signal de la curée. Ce dernier s'esclaffa de plus belle :

— Ce que tu es drôle, Darius ! T'essayes de faire quoi exactement ? Gagner du temps ? « Dis-moi ce que tu veux ! » Ha ha ! Tu sais très bien ce que Croatoan désire ! T'espères quoi ? L'intervention de Lucifer ? T'as vraiment toujours été un loser ! Quand je te vois comme ça avec tes pauvres humains ridicules, tu me fais pitié. J'ignore vraiment pourquoi Croatoan m'a collé une phalange entière aux basques pour éliminer une loque pareille. Il voulait même que je le prévienne une fois que je t'aurais localisé mais je préfère lui faire une surprise et lui ramener direct ta tête...

Diable ! Darius réalisait maintenant à quel point il avait toujours détesté ce sale type.

— C'est toi qui as toujours été une merde, Oxyblas. Le genre qui donne envie de jeter ses bottes lorsqu'on marche dedans.

— Quelle agressivité ! Je suis choqué ! rigola le démon frappeur en secouant son sac. Ah ! J'oubliais ! Qu'est-ce que j'ai là... ?

— Je sais ce que c'est ! Laisse tomber, ça ne sert à rien, grogna Darius qui sentait une haine féroce monter en lui.

Oxyblas le regarda avec une surprise non feinte.

— Comment ça « ça ne sert à rien » ?! Faire le mal, provoquer la souffrance, c'est une fin en soi ! Tu es un démon ou une saloperie d'angelot ? Et si quelqu'un se demande comment j'ai pu te retrouver, continua-t-il en fouillant dans son sac... J'ai été aidé par un petit coquin !

Il sortit alors du plastique une tête coupée et la leva au-dessus de lui. Le visage de Seb n'était malheureusement pas tout à fait méconnaissable malgré l'intense expression d'horreur et de surprise qu'il affichait. Après les quelques secondes nécessaires pour réaliser l'atrocité de ce qui était en train de produire, Charlie s'effondra par terre en gémissant, vite entourée par Judith et Damien qui sanglotaient. Vladimir, lui, pétait carrément les plombs :

— Putain, c'est qui, cet enfoiré ? Viens là sans ton escorte et tes clébards sortis d'un bouquin de Stephen King que je te défonce ta mère ! mugit-il avant de s'écrouler afin de vomir dans l'herbe.

Le démon frappeur, qui pouvait aisément l'éventrer avec l'ongle de l'auriculaire, gloussa à nouveau :

— Mais c'est pourtant vrai qu'ils sont rigolos... Je crois que je vais bien m'amuser avec eux.

Puis, cessant soudain de sourire, il se tourna vers les soldats :

— Allez, ça suffit, tuez ce traître mais laissez-moi les humains !

Comme un seul démon, les cinquante créatures ni mortes, ni vivantes s'élancèrent sur Darius. Seul, il était foutu, mais sa colère était si grande que même si le combat perdu d'avance ne durait que quelques secondes, cela en valait le coup.

— Passe-moi ta machette, demanda-t-il à Judith en lui tendant la main.

Lorsqu'il tint le manche encore tiède entre ses doigts, il se sentit un peu moins vulnérable. Préférant l'attaque à la défense, il se rua sur le premier mort-démon et plongea sur ses genoux au dernier moment – il perçut le souffle d'un glaive lui frôler le crâne. D'un mouvement sec et rapide, il lui trancha la jambe au-dessus du mollet. Le soldat, insensible à la douleur, tomba sans un cri. « Même s'il ne peut pas mourir, pensa Darius, en voilà au moins un d'immobilisé… » Malheureusement, il en restait quarante-neuf en mouvement. Le jeune démon respira profondément une dernière fois l'air doux et parfumé de ce monde (il préféra ne pas se tourner vers Judith et les autres, ça l'aurait déconcentré) et se prépara à mourir dans un dernier assaut. Ce fut à ce moment critique que la terre se mit à violemment trembler une nouvelle fois, faisant chuter tous les combattants. Le Fou en bronze vibra puis se souleva doucement comme si lui et le lapin allaient décoller d'un instant à l'autre. Les arbres penchaient vers le sol à mesure que ce dernier gonflait, donnant naissance à une bosse puis une petite colline. Quelque chose d'énorme essayait visiblement de sortir de terre ! Tout à coup, une pression fantastique envoya valser la statue dans les airs, tel un bouchon de champagne, et un rugissement terrible déchira le ciel grisâtre, faisant fuir un nuage de corbeaux. Sous les yeux ébahis de Darius surgit alors dans un geyser de boue un gigantesque armadragon qui, s'élevant au ciel, put enfin déployer ses ailes, plongeant le champ de bataille dans la pénombre. À califourchon sur le siège d'encolure, tenant les rennes du monstre, Golgotas, hilare, lui faisait de grands signes !

— La cavalerie est arrivée ! vocifèra-t-il pour se faire entendre sous les mugissements de la bête.

Cette dernière attrapa d'ailleurs un guerrier de Croatoan et l'avala après une courte mais puissante mastication. Oxyblas, qui sentait le vent tourner, perdit de sa superbe et hurla à ses troupes des ordres contradictoires :

— Regroupez-vous et tuez le dragon ! Occupez-vous de Darius ! Massacrez-les tous !

Le jeune démon reprenait espoir et, dans le chaos qui s'ensuivit, décida de protéger les mortels – bien trop vulnérables – avant tout. D'ailleurs le premier cri ne se fit pas attendre : Damien, terrifié par l'entrée fracassante du dragon de guerre, avait pris ses jambes à son cou et était à présent acculé contre un arbre, entouré d'une bonne dizaine de cabots prêts à lui bondir dessus. Sans hésiter, Darius se précipita et les tailla en pièces à grands coups de machette. Malheureusement, pour venir en aide au jeune homme, le démon avait dû s'éloigner du reste de la bande toujours regroupée autour de Charlie, et Oxyblas en avait profité. C'était dans la nature du démon frappeur de taper là où ça faisait le plus mal et Judith l'attirait donc comme un aimant. Il l'avait saisie par ses cheveux blonds et levait sa dague vers Darius.

— Tu peux dire adieu à ta pucelle, le nargua-t-il. J'ai bien envie de vérifier si elle est aussi appétissante dedans que dehors !

La figure grimaçante d'Oxyblas, le visage transpirant et terrorisé de Judith, la mort de son père, le sourire mauvais de Croatoan, toutes ces images se mêlèrent dans l'esprit de Darius et se transformèrent en un flot débordant de haine. La haine de l'injustice et de la souffrance. La haine des monstres qui persécutaient les plus faibles. Sans s'en rendre compte, sans même avoir bougé un muscle, il se retrouva en un instant près d'Oxyblas, aussi stupéfait que lui. Dans sa main, il tenait un glaive dont le métal, du rouge le plus vif, semblait couvert de sang. En un éclair, cette dernière traversa le démon frappeur, toujours bouche bée, et, sans effort, comme s'il était en papier, le déchira en deux. Il s'écroula aux pieds de Judith qui regardait Darius avec une fascination malsaine. Derrière eux, Golgotas se battait toujours contre les soldats qui ne mouraient pas et avait du mal à prendre le dessus car il retenait de toutes ses forces sa prodigieuse monture. Le souffle de l'armadragon étant l'un des seuls feux à pouvoir tuer les anges comme les démons, elle aurait incinéré l'ensemble des combattants sans distinction si Le Gol avait laissé libre court à sa furie. Pour Darius, cependant, ce n'était plus qu'un jeu excitant et il frémit de plaisir lorsque, d'un seul geste ample, il fit siffler son glaive. Ce dernier ne toucha aucun des morts-démons, pourtant ils tombèrent tous à terre. Fauchés, coupés en deux à hauteur de bassin et rampant de leurs bras morts pour continuer le combat. Une telle puissance était difficile à contenir pour le jeune démon qui n'avait pas envie de s'arrêter si tôt, si vite. Au fond de lui, il voulait continuer à user de ce pouvoir, à massacrer, à détruire... Il se contrôla pourtant peu à peu et l'étrange glaive finit par disparaître d'entre ses mains. Il soupira de soulagement et de dépit, encore tremblant d'avoir été le vecteur d'une telle énergie, et releva les yeux. À une centaine de mètres de là, au sommet d'un grand pin desséché miraculeusement debout après une telle bataille, une figure encapuchonnée de gris lui fit un signe de la tête puis s'évanouit dans l'air…

36

… pour reparaître aussitôt près de lui.

Le nouveau venu, bien qu'entièrement couvert d'une cape crasseuse et élimée, impressionna tout de suite Darius par sa haute stature et sa noble prestance. Il se dégageait de lui une aura de puissance qu'il avait du mal à dissimuler entièrement et une nature comme le jeune démon n'en avait jamais rencontrée. Quel qu'il soit, cet ennemi n'était en tout cas pas n'importe qui, et Darius ramassa prestement la machette de Judith avant de se mettre en garde. Derrière l'étrange individu, Golgotas, contrôlant toujours tant bien que mal l'armadragon, avait capté la nouvelle menace et s'approchait lourdement. Sans montrer le moindre signe de crainte ou d'agressivité, la figure grise leva des mains d'albâtre longues et fines et, retirant sa capuche, découvrit son visage. Ses yeux gris aux reflets d'or étaient plantés dans les prunelles d'ambre de Darius et la blancheur de sa peau n'avait d'égale que celle de ses canines acérées lorsqu'il sourit au jeune démon. La physionomie plutôt cérébrale que lui donnait son front haut encadré de mèches grises était contrebalancée par les lèvres épaisses d'un animal sensuel.

— Baisse ton arme, Darius, l'heure n'est pas encore venue, dit-il avec une douceur teintée d'ironie. Et que ton cousin reste où il est, continua-t-il en relevant une partie de sa cape, dévoilant une longue épée dont la lumière irradiait même à travers son fourreau d'argent. Je ne daignerai pas tuer le dragon tout de suite mais l'éclat de mon arme aveuglerait définitivement nos amis mortels ici présents.

À quelques mètres de là, Vladimir et Damien entouraient toujours Charlie qui, pour ne pas voir ce qui restait de Seb, enfonçait désespérément son visage dans le ventre de Judith.

— Qui es-tu et qu'est-ce que tu veux ? demanda Darius en faisant signe d'attendre à Golgotas.

— Je suis Gabriel. Et je veux simplement discuter un moment. Puis en souriant d'un air affable : Je sais que tu es pressé mais c'est important.

Le Gol qui, malgré le geste de Darius, était descendu l'arme à la main de l'armadragon se nourrissant paisiblement de victimes encore gigotantes, s'approcha alors en ricanant :

— J'ai bien entendu ? Ce type prétend être l'archange Gabriel ? Et pourquoi pas Dieu le Père en personne pendant qu'on y est !? Et on est censés te croire sur parole ? La blague ! Allez, il faut se barrer ! Ce passage s'est écroulé mais c'est pas la seule bouche de l'Enfer et les renforts vont pas tarder !

Mais Darius, lui, n'avait pas le moindre doute. Il sentait la nature divine de son interlocuteur par tous les pores de sa peau de démon. Là, devant lui, se tenait l'ennemi et il était redoutable.

— Je t'écoute… Gabriel.

Ce dernier sourit à nouveau de toutes ses dents.

— Cela fait longtemps qu'on attend ta venue, mon cher Darius, commença l'archange. Et absolument rien ne se déroule comme prévu !

— Je ne comprends pas... Qui attendait ma venue ?

— Le Ciel, évidemment ! Des siècles à guetter la venue de l'Antichrist, le successeur de Satan ! Des siècles à se préparer à la bataille finale !

Gabriel ricana un instant avant de continuer :

— Et puis finalement, c'est toi qui arrives, Darius. Un démon qui, depuis qu'il est arrivé sur Terre, prend la défense d'un groupe d'êtres humains. Laisse-moi te dire que là-haut, tout est prêt ! Depuis que Carmen a senti ton arrivée dans ce monde, c'est le branle-bas de combat au Paradis ! Mes frères Michel et Raphaël sont à un cheveu d'ange de faire sonner les trompettes d'airain !

Pour Darius, c'était beaucoup d'informations cruciales révélées en quelques phrases. Il en abaissa sa vieille machette. Golgotas, lui, avait des yeux comme des soucoupes.

— C'est quoi cette histoire d'Antichrist ?! Ce n'est pas le fils du Prince des...

— Carmen... ? Tu parles de ma mère, c'est ça ? l'interrompit Darius.

— Carmen Esperenza, oui, poursuivit Gabriel. Une femme d'une grande bonté et dotée de l'âme la plus pure qui s'est pourtant laissée séduire par ton père, le Comte Octavius du cercle de l'Orgueil. Ce dernier avait pris l'apparence d'un séduisant et innocent jeune homme et même s'il puait encore le vice à plein nez, en bonne fille d'Ève, elle a succombé à la tentation... et tu es né. Au Ciel, quelle ne fut pas notre surprise lorsque nous réalisâmes que l'ancienne prophétie s'était modifiée et que l'héritier du trône des Enfers n'était pas le fils de Lucifer ! De plus, contrairement à ce qui était prédit, tu ne fus pas accueilli par les puissants de ce monde mais bien kidnappé par ton père qui te ramena avec lui aux Enfers. Ta mère, qui ignorait tout de ta véritable nature, t'a cherché toute sa courte vie. Puis, lorsqu'elle mourut en 1848 durant l'épidémie de choléra qui ravageait la planète, son esprit a inlassablement continué ses recherches. Dès que tu es arrivé dans les sous-sols de Pétrogaz, elle t'a immédiatement trouvé et envoyé un comité d'accueil. Moi, j'ai été tout de suite dépêché pour évaluer l'ampleur de la menace et, depuis, je vais de surprise en surprise…

— Ma mère est-elle encore là… ? demanda Darius en regardant autour de lui.

— Comme je te l'expliquais, depuis ton arrivée ici, c'est vraiment la panique. Toutes les bonnes âmes ont été rapatriées là-haut afin de se préparer à la guerre. Elle n'est plus ici.

Golgotas, les bras ballants, n'en revenait pas et regardait son cousin comme si c'était la première fois qu'il le voyait.

— Ta mère était une mortelle… ? Et même si c'était vrai, est-ce que ça fait forcément de lui le successeur de Satan ?

— C'est exactement la question que l'on se posait ! Malheureusement, cette dernière est restée sans réponse malgré les efforts de mes frères. Il faut dire que Lucifer n'a pas été le seul à disparaître, avoua-t-il après un court silence. Dieu lui-même… Bref, aujourd'hui, il n'y a plus de doutes possibles car tu as bien tiré le Glaive Écarlate : seul l'Antichrist possède ce pouvoir.

— Alors ça va être la guerre ? L'Armageddon ? murmura Darius, sous le choc.

— Non, pas si je peux convaincre Michel et Raphaël du contraire. J'ai suivi chacun de tes pas, chacune de tes conversations depuis que tu es sur Terre et je suis convaincu que tu n'es pas responsable de ce qui se passe en ce moment. C'est Croatoan qui déséquilibre les Univers et si tu dois le détruire, je suis même prêt à te donner un coup de pouce.

— Tu as toujours été avec nous ? Je n'ai pourtant jamais senti ta présence…

— Un pouvoir que tous les anges et démons d'un certain rang possèdent… Et seule ta jeunesse t'empêche encore d'en faire de même.

Pourtant, si l'archange avait l'air sincère, quelque chose en lui gênait profondément Darius. Si cette créature était bien ce qu'elle prétendait être (et il n'avait aucun doute là-dessus), n'aurait-elle pas dû ne rayonner que d'amour et de bonté ? Or, des sentiments bien plus négatifs vibraient au sein même de sa lumière…

— Que me proposes-tu ? finit par demander Darius qui se sentait acculé.

— Ton copain le zombie a raison, déclara Gabriel. Seule la Mort peut éliminer Croatoan. Le Glaive Écarlate lui-même serait sans pouvoir même si le Grand Prêtre l'ignore encore… Je te propose de te guider jusqu'à l'antre de la Faucheuse afin que tu la convainques de t'aider.

— Où se cache-t-elle ?

— N'importe quoi, grogna Golgotas. Tu vas pas écouter ce taré ! Tu sens pas qu'il est pas net, même pour un ange ?
— Elle ne se cache pas. Elle est partout et elle est nulle part. Son antre, en revanche, se trouve sur Terre, à l'extrême nord du pôle magnétique.

Vladimir, qui jusque-là avait écouté sans piper mot avec un mélange de peur extrême et d'intense intérêt, ne put s'empêcher d'intervenir :
— Au pôle Nord ? C'est la Mort ou le Père Noël que vous cherchez ?

Les démons échangèrent un regard étrange tandis que Gabriel se tournait vers l'adolescent.
— Darius ne peut pas comprendre ton humour. Pour nous, le Père Noël est un démon du cercle de l'Envie qui vole l'âme des petits enfants contre des jouets « made in China ». Son tour de force a été de se faire passer, à vos yeux, pour un gentil grand-père inoffensif.

Abasourdi par cette révélation, Vladimir s'enferma à nouveau dans un silence attentif.
— J'espère que ce n'est pas un piège, déclara Darius, prêt à suivre l'archange.
— J'ai tout intérêt à ce que la Terre ne se transforme pas en charnier. Suis-moi ! Je pourrais te faire passer par n'importe laquelle de ces fosses, poursuivit-il en désignant les trous d'où étaient sortis les chiens, toute sépulture mène à l'antre de la Faucheuse, mais ça ne serait pas vraiment confortable. Derrière ce parc, cependant, se trouve un ancien cimetière – les voies du Seigneur sont impénétrables – et je crois connaître la tombe parfaite pour ton petit voyage.

— Si tu décides de suivre ce type, je viens aussi, annonça Golgotas qui montrait les dents.

Darius le regarda avec reconnaissance et, s'apprêtant à accompagner l'archange, s'arrêta soudain :

— Et Zorg ? Et les humains ? Je ne peux pas les laisser là...

— Zorg t'attend déjà sur la fameuse tombe. Une autre version de moi-même s'est chargée de l'y conduire. Quant aux mortels, je ne suis pas certain que l'antre de la Mort soit plus sûre que ce parc...

Darius s'accroupit alors près de ses nouveaux amis.

— Vous préférez quoi ? M'accompagner ou rester...

— Tu peux aller au Diable, le coupa Charlie dont les yeux étaient brillants de haine. Sans toi et ta mère, Seb serait encore vivant !

— C'est injuste, lui répliqua alors gentiment Judith. Il nous a sauvé la vie...

— Laisse-la. Elle a raison, reconnut Darius. Retournez en sécurité chez Seb, la voie doit encore être libre.

— Moi je préfère t'accompagner, s'exclama Vladimir en se relevant. Si je peux t'aider à défoncer ce Croatoan, je suis partant...

— Moi aussi, ajouta Judith qui avait du mal à croire ce qu'elle était en train de dire. Tout plutôt que de rester dans cette ville dévastée au milieu de cadavres ambulants.

Damien, lui, fit signe qu'il restait avec Charlie.

— Si tout le monde est prêt, ne perdons pas de temps ! s'écria Gabriel avec bonne humeur. Une dernière chose : il faudra vous méfier de la Mort, ce n'est pas exactement comme si on pouvait lui faire confiance... Comment vous dites sur Terre déjà ? reprit-il en regardant Vladimir et Judith, *Death is a bitch*[11] ?

— Non. On dit *Life is a bitch*[12], corrigea l'adolescente qui hallucinait de dire ça à un putain d'ange-du-ciel…

— Oui, eh bien… la Mort est pire, conclut Gabriel en souriant largement.

---

11. La Mort est une pute.
12. La Vie est une pute.

37

Le Duc serra les dents devant une telle familiarité. Ce parasite qui osait déjà s'adresser à lui sans les « monseigneur » de rigueur – et il en avait fait écorcher vifs pour moins que ça – se permettait à présent de poser sa sale patte sur lui.

— Il me semble que nous sommes déjà passés par ce couloir. Je reconnais ces bas-reliefs !

Dans la pierre noire étaient gravés de façon fort détaillée les fameux bûchers d'El Tenebrero[13], grand inquisiteur de Cordoue, et ce n'était en effet pas la première fois qu'ils les croisaient.

— Le Palais redouble d'efforts pour nous égarer, répondit le Duc, en retirant vivement son bras du répugnant contact. Ça ne veut pas forcément dire que nous n'avançons pas.

La tête du garçon sur laquelle trônait Scutigera le Multiple opina d'un air entendu. Le mille-pattes n'était qu'un moins que rien, certes, mais il était loin d'être stupide et s'il gobait pour l'instant tous les mensonges du Duc, celui-ci nota de redoubler de prudence s'il voulait le balader encore

13. Diego Rodriguez Lucero était inquisiteur du royaume de Castille de 1499 à 1507. Il fit brûler des centaines d'opposants au roi.

un moment. Des jours qu'il perdait un temps précieux à tourner en rond sous le chaperonnage de l'âme damnée de Croatoan ! Ils pénétrèrent alors dans une grande salle vide ressemblant à la nef d'une église et dont les murs, le sol et le plafond étaient couverts de visages semblant souffrir horriblement. Le Duc n'était jamais entré ici et son intérêt s'éveilla soudain. Au fond de la vaste pièce se trouvaient deux portes côte à côte, une noire et une blanche. Derrière la seconde, le noble personnage sentit une présence qui faisait vibrer l'atmosphère. Un rapide coup d'œil à Scutigera le décida à ouvrir l'autre et, après quelques pas, ils se retrouvèrent à nouveau devant les bas-reliefs espagnols. Le parasite se précipita pour faire demi-tour mais la vaste salle avait déjà disparu et la porte s'ouvrit sur les écuries secondaires.

— Ce palais va me rendre dingue, grogna l'homme-mille-pattes de sa voix d'adolescent. Croatoan exige des résultats, le temps presse ! ajouta-t-il comme une menace à peine voilée à l'égard de son interlocuteur.

Les larges yeux verts de ce dernier brillèrent de fureur mais il réussit à garder son sang-froid : comme Lucifer, son maître, il n'était pas un prince de la dissimulation pour rien. Cette vermine n'avait cependant pas tort, il ne lui restait que peu de temps pour trouver la Chapelle Maudite. L'usurpateur, de plus en plus paranoïaque, avait envoyé ses sorcières espionner le Tout-Pandémonium. Chaque jour, de nouveaux démons s'étant risqués à critiquer Croatoan rejoignaient les rangs de ses esclaves et le Duc savait que, tôt ou tard, son tour viendrait forcément. Probablement à cause de sa fille Lilith dont le goût pour le fils de Lavinius fragilisait encore davantage sa délicate position. Elle était assez intelligente pour ne trahir son père qu'avec virtuosité mais l'observation des sorcières était implacable : ces dernières pouvaient se cacher n'importe où, y compris dans un coin d'ombre de la forteresse Sanguinante si Croatoan le désirait. Pour l'instant, le Grand Prêtre semblait pourtant lui faire une relative confiance et avait même comblé ses rêves les plus fous en le chargeant de la recherche de la Chapelle. Il avait néanmoins déchanté lorsqu'on lui avait adjoint Scutigera le Multiple qui entrait à peine dans sa nouvelle adolescence. Il s'était bien sûr incliné devant Croatoan avec l'apparence de la plus totale des soumissions, masquant sa rage avec toute l'aisance et la dextérité de son art.

Tout à coup, les yeux du jeune homme se révulsèrent et le parasite agita de longues antennes annelées. Le Duc le regarda avec curiosité, devinant que le mille-pattes devait être en communication avec son maître. Lorsque Scutigera reprit ses esprits, le visage de son hôte reflétait une certaine anxiété :

— Je dois vous laisser. Croatoan me demande, déclara-t-il avant de s'engager dans les écuries : mieux valait prendre un chemin connu que d'errer pour l'éternité dans le palais...

Pour le Duc, c'était une chance inespérée, il allait enfin pouvoir se mettre réellement en quête de la Chapelle Maudite. Il repassa devant les bas-reliefs et tenta de retrouver le chemin précédent. Après quelques essais infructueux qui le ramenèrent encore et encore au même point, il finit par entrer dans la grande salle aux visages et se dirigea vers les deux portes. Le temps pressait. L'usurpateur, en ceignant la Couronne de Fer, avait soumis les Enfers mais avait aussi éveillé tous les cadavres de la Terre. Il ignorait par quel miracle le Ciel ne leur était pas encore tombé dessus mais s'il n'arrêtait pas rapidement Croatoan, ils étaient bons pour l'Armageddon à brève échéance. Halicarnas Sanguinante, qui caressait d'autres projets que de mourir au cours de la Bataille Finale, passa par la porte blanche. Cette dernière sembla alors s'ouvrir sur les ténèbres primordiales. Pourtant, l'obscurité épaisse qui empêchait le Duc de discerner quoique ce soit ne le dissuada pas d'avancer. À son grand soulagement, il n'y eut pas de chute vertigineuse dans le néant et ses pieds touchèrent un sol de pierre. Il se trouvait juste dans un couloir exceptionnellement sombre. Qu'allait-il découvrir au bout ? La porte d'ivoire des appartements royaux ? Si c'était le cas, pourrait-il seulement l'ouvrir ? Et surtout, y trouverait-il une arme assez puissante pour tuer le Maître des Coquilles Vides ? Certaines anciennes écritures l'évoquaient et il avait été assez fou, ou plutôt assez désespéré, pour y croire. Mais il n'était pas le seul. Croatoan en avait la certitude lui aussi et rêvait depuis toujours d'accéder à ce corrompu des corrompus. Il désirait sans doute le Glaive Écarlate. Une lame forgée avant le début de tout à partir des os du Chaos dans les flammes de la première étoile et refroidi dans une larme de Dieu. La seule qu'il ait jamais versée en contemplant la beauté de sa création. Mais si cette arme était vraiment cachée dans la Chapelle, le Duc et Croatoan étaient aussi déments l'un que l'autre d'envisager la contrôler car seul le fils de Satan pouvait saisir le Glaive sans se consumer à l'instant ! Devant Halicarnas Sanguinante, premier du nom, la nuit s'éclaircit peu à peu et, à sa grande déception, il reconnut un petit passage menant derrière la salle du trône. Pestant contre ce maudit palais, il allait rebrousser chemin lorsqu'il entendit la voix de Croatoan, vibrante de colère, à travers un lourd rideau de velours :

— Si cet imbécile d'Oxyblas n'avait pas cru bon de me désobéir, Darius ne se serait sans doute pas une nouvelle fois échappé !

Encore Darius ?! Pourquoi le fils d'Octavius Gore préoccupait-il tant le Grand Prêtre ? pensa le Duc qui n'avait pas encore réussi à percer ce secret (l'interrogatoire en douceur de Scutigera n'ayant toujours rien donné). Il était sûrement moins insignifiant qu'il n'y paraissait au vu de l'intérêt fébrile que Croatoan lui portait. Peut-être avait-il fait erreur en encourageant sa fille à dédaigner le jeune démon malgré les anciennes promesses d'union qui les liaient...

— Nous le retrouverons aisément, mon maître, répondit Scutigera d'une voix suave. Maintenant que nous savons dans quel recoin du monde il se terre, ce n'est plus qu'une question de temps.

— Il faut faire cela discrètement ! gronda le Grand Prêtre. Je t'interdis de déployer des troupes ! Je ne veux pas provoquer le Ciel avant d'avoir le Glaive entre les mains.

C'était donc bien ce qu'il craignait, frémit le Duc... Croatoan était insensé !

— Qu'un armadragon se soit déjà compromis sur Terre est suffisamment problématique, continua, songeur, le Maître des Coquilles Vides avant de crier :

— Mesdames !

Des hululements et des rires stridents éclatèrent alors dans la salle du trône. « Les sorcières ! », pensa Halicarnas Sanguinante en serrant les poings. Il entendit les affreux rires redoubler avec les protestations de l'homme-mille-pattes.

— Laissez-le ! brailla alors Croatoan qui mit fin à l'hilarité malsaine. Mesdames, reprit-il d'une voix glaciale, un traître a fourni un dragon de guerre au jeune Golgotas Gore. Cessez toutes vos activités et trouvez-moi ce démon !

Toujours prostré sous le couvert de son rideau de velours, le Duc pensa alors à sa fougueuse Lilith et espéra de toutes ses forces qu'elle n'y soit pour rien.

38

Comme l'avait annoncé l'archange, un petit cimetière envahi d'une végétation luxuriante était caché derrière l'ancienne voie de chemin de fer qui longeait le Parc du Fou. Après avoir enjambé quelques grillages et évité les monceaux de verre brisé qui fleuraient bon la bière et l'urine, dépassé de vieux wagons dont le moindre centimètre était couvert de graffiti plus ou moins obscènes, Darius pénétra dans l'ombre des arbres plusieurs fois centenaires et sentit un grand bien-être l'envahir. La fraîcheur apaisante qui y régnait, le bruit d'un invisible petit cours d'eau, la mousse si verte qui couvrait l'écorce et la vieille pierre, tout cela n'avait rien de lugubre et célébrait au contraire la vie au milieu des sépultures. Sous un jeune bouleau dont les feuilles secouées par la brise fredonnaient une ancienne musique, Zorg les observait approcher. Il salua Golgotas, détailla les humains puis se tourna vers son ami, le sourcil relevé.

— Seulement Seb, répondit tristement Darius. Les autres sont vivants mais n'ont pas voulu nous suivre.

Le zombie hésita un instant, puis, ne sachant pas quoi dire pour consoler les mortels, préféra changer de sujet :

— Gabriel m'a conté l'arrivée providentielle de ton cousin et m'a accessoirement expliqué que tu étais l'Antichrist… Pour quelqu'un qui ne supporte plus les Enfers, c'est assez cocasse, non ?

L'archange, qui s'était penché sur une antique pierre tombale fissurée, appela alors le jeune démon en balayant les feuilles mortes qui la recouvraient :

— Darius, approche-toi, veux-tu. J'aimerais te montrer ces inscriptions.

Malgré plus d'un siècle d'érosion, on pouvait lire un nom, « Carmen Esperanza », et deux dates, « 1823-1848 ».

— C'est la tombe de ma mère... souffla Darius qui se pencha à son tour vers la sépulture.

Au-dessus du nom se trouvait un petit portrait peint. Il était tellement abîmé que l'on pouvait à peine discerner les contours du visage de la défunte mais Darius était certain que c'était exactement le même que celui trouvé au manoir Gore.

— J'ai pensé qu'il serait plus dramatique de passer par la tombe de sa propre mère pour aller affronter la Mort, non ? questionna l'archange, amusé.

— Elle est donc bien morte, affirma platement le jeune démon.

Au fond de ses cœurs, une petite partie de lui-même avait jusque-là lutté contre cette idée ; la finitude étant étrangère à sa nature d'ange déchu.

— Oui, et depuis un moment, s'exclama l'archange en soulevant l'énorme pierre d'un geste de la main. Comme dit le proverbe : son corps est retourné à la poussière !

Judith, qui avait attrapé la main de Vladimir en prévision de l'atroce spectacle qu'allait leur dévoiler la fosse, soupira de soulagement : au fond du trou, il n'y avait absolument rien à voir. Sans perdre de temps, Gabriel sauta à l'intérieur et posa une main blanche sur la terre meuble. Cette dernière, d'abord d'un noir profond, eut l'air de s'affiner, de s'alléger, jusqu'à devenir presque transparente. Maintenant, derrière le voile opaque du sol, on parvenait à discerner un petit escalier descendant dans les profondeurs.

— Voilà. Le sentier est ouvert, reprit l'archange en remontant d'un bond. Quant à moi, je dois retourner au parc terrasser votre petit dragon avant de retourner au Ciel calmer l'ardeur de mes frères...

Puis en souriant largement à Darius :

— J'espère que tu réussiras à nous débarrasser de Croatoan à temps.

— Ouais, ben on va faire de notre mieux, maugréa alors Golgotas, mais Gabriel avait déjà disparu.

— Typique de ces saloperies d'anges, grogna de plus belle Le Gol en fixant les escaliers à présent baignés d'une lueur bleutée. On va vraiment descendre là-dedans ?

— Nous n'avons pas vraiment le choix, répondit Zorg en se laissant tomber sur la première marche.

— Et on va vraiment s'encombrer de sacs à âme ? continua le cousin de Darius en pointant du menton Vladimir et Judith.

— S'ils veulent nous suivre, confirma Darius, qui rejoignit le zombie et tendit une main à la jeune fille qui la saisit.

— Très bien alors ! Si vous voulez faire de la merde, c'est parfait, brailla Golgotas en tapant dans le dos de Vlad qui dégringola dans la fosse. Je dis juste qu'on ferait mieux de les bouffer tout de suite, on gagnerait du temps !

Puis il bondit à son tour.

Les vieux escaliers de pierre étaient nimbés d'une lueur froide et semblaient descendre à pic pendant un long moment.

Darius en profita pour demander à son cousin comment il avait fait pour le retrouver et lui sauver la mise.

— Très simple, expliqua Le Gol. Zényrophon, qui est câblé à peu près comme Oxyblas, a capté la conversation de ce petit salopard avec le mortel qui a mal fini. Du coup, on savait où tu étais et comment tu allais être piégé ! Lilith, de son côté, m'a prêté l'armadragon de la famille Sanguinante et j'ai foncé dans le tas. À l'ancienne...

— Euh... Comment... va Lilith ? finit par déglutir Darius.

— Pfff... Laisse tomber... soupira son cousin avant de montrer que les escaliers finissaient enfin.

Devant eux se présentait un petit lac souterrain dont l'eau opaque évoquait l'œil gigantesque d'un aveugle. Comme les dernières marches s'enfonçaient dans le liquide blanchâtre, ils hésitèrent un moment.

— Il n'y a que de la roche tout autour. Plonger semble être la seule solution pour avancer, déclara Zorg en trempant un index dans l'eau. Mais mes sens étant ce qu'ils sont, je ne sais même pas si elle est glaciale ou nauséabonde...

— Elle a l'air normale, répondit Vladimir en s'agenouillant près du zombie. Juste un peu froide. Le problème pour Judith et moi, c'est qu'on a besoin de respirer...

— Poussez-vous, bande de fils de prudes ! s'exclama alors Golgotas en posant un pied dans le lac. Vous avez entendu le chérubin ? On n'a pas le temps de taillader le bout de gras !

Après un clin d'œil à l'attention de Darius, il s'immergea totalement dans l'eau dont la surface, malgré sa masse imposante, ne fut pas troublée de la moindre ride. Il en ressortit quelques secondes plus tard avec un sourire triomphant.

— Ce n'est pas vraiment un lac ! C'est un genre de portail, suivez-moi !

Tous s'élancèrent à sa suite pour se retrouver bien au sec à la sortie d'une grotte. Et si derrière eux les ténèbres régnaient, devant se présentait un charmant panorama. Une immense prairie d'herbes grasses dans laquelle paissaient de gros moutons s'étendait en effet à perte de vue. À une centaine de mètres, une petite masure de bois bien entretenue et entourée de fleurs semblait se réchauffer au soleil...

— C'est quoi ces trucs ? C'est dangereux ? demanda Golgotas en montrant une brebis qui venait lentement vers eux.

— Non, c'est super inoffensif, lui répondit Judith. En revanche, ce n'est pas exactement comme ça que j'imaginais le pôle Nord...

— Allons-y, souffla Darius en s'avançant dans la prairie. Mais souvenez-vous de ce qu'a dit Gabriel : méfiance...

Lorsqu'ils arrivèrent devant la maisonnette, un parfum sucré embaumait l'atmosphère et une douce voix s'élevait avec mélancolie. Avant qu'ils n'aient pu s'annoncer, la porte s'ouvrit et une jeune femme rousse d'une grande beauté apparut devant eux. Le long manteau jeté sur ses épaules ne cachait pas grand-chose de sa superbe anatomie et Judith, qui se rappelait vaguement ses cours d'histoire de l'art, pensa immédiatement à une œuvre du peintre préraphaélite Rossetti. La sublime vision leur sourit de sa bouche parfaite.

— Darius, te voilà enfin. Tu es le bienvenu chez moi. Toi aussi, Golgotas ! Je vous en prie, entrez, poursuivit-elle, affable, en regardant les humains. Judith, Vladimir, je ne vous attendais pas si tôt... Puis en baissant ses grands yeux vers le zombie :

Ah ! Tu es revenu me voir Kandahar… C'est Zorg à présent, si je ne me trompe ?

Elle s'approcha de lui et posa une main fine sur son front dégarni.

— Étrange créature… Comment ton âme immortelle a-t-elle pu rester lovée dans cette pitoyable enveloppe ?

Dans la petite maison, la table était déjà dressée et dans les cinq assiettes fumantes, des mets appétissants avaient été servis. Darius échangea un rapide coup d'œil avec Judith et Zorg et fit signe à ce dernier, leur intimant de ne rien toucher.

— Kandahar… ? Tu collectionnes vraiment les noms à la con, commenta Golgotas dont l'attention était maintenant également divisée entre le corps splendide de son hôtesse et le buffet.

39

Ils s'assirent autour de la table de fête, scrutant leurs assiettes en se demandant vaguement ce que la Mort pouvait bien cuisiner. Celle-ci, toujours souriante, les engagea à manger d'un signe de la main. Golgotas, qui allait avidement saisir ce qui ressemblait à un rôti, se prit, l'air de rien, le coude de Darius dans les côtes.

— Merci beaucoup, mais nous n'avons vraiment pas faim, s'excusa ce dernier. Peut-être savez-vous pourquoi nous venons vous déranger ainsi chez vous ?

Vladimir entendit alors distinctement une sorte de claquement sec qui le fit frissonner des pieds à la tête mais personne d'autre ne sembla y faire attention.

— Je connais l'identité de ceux qui pénètrent en mon domaine, répondit la Mort avec un sourire un peu plus froid. Je discerne leur nature et, pour les mortels, ajouta-t-elle avec un regard presque « gourmand » de convoitise vers les humains, je sais quand sonnera l'heure de leur trépas.

Ce dernier mot retentit de façon métallique dans les oreilles de Vladimir. Il aurait presque juré que la joue de leur interlocutrice était devenue une fraction de seconde plus creuse.

— Tu sais donc qui je suis, mais pas ce qui m'amène, avança Darius.

Judith, étrangement apaisée par la bonne odeur de ragoût, suivait distraitement la conversation tout en observant la salle à manger autour d'elle. C'était le genre d'endroit où l'on se sentait tout de suite chez soi. Le bon feu dans la cheminée, les casseroles cuivrées qui pendaient au plafond aux côtés de l'ail en tresses et des vieux jambons secs. On en oubliait presque que la belle femme nonchalamment assise en face d'eux était la Faucheuse en personne.

— Tu es Darius. Tu es l'Antichrist même si tu n'es pas le fils de Lucifer… Ce qui n'est, depuis que mon père a disparu, qu'une aberration de plus. Et si je pense deviner le but de ta visite, j'aimerais pourtant l'entendre de ta bouche.

— Je veux détruire Croatoan, lança le jeune démon après un rapide coup d'œil à ses amis. Mais j'ai cru comprendre que toi seule en avais le pouvoir.

Nouveaux claquements dans l'air qui firent frémir Vladimir, lequel, à force d'observer la Faucheuse, la trouvait de moins en moins fraîche et gironde. Avait-il vu une côte pointer sous un sein grisâtre ? Et cette baraque lui faisait penser à un vieux conte à la con. Le genre où les gamins se font bouffer à la fin…

— Pourquoi t'aiderais-je à éliminer le meilleur de mes serviteurs ? En ce moment, grâce à lui, je moissonne plus de vies que durant les grandes guerres des hommes. À cet instant même, des millions de versions de moi fauchent à tour de bras pour calmer ma faim !

La colère luisait dans les beaux yeux noirs de la camarde qui semblèrent un court instant s'enfoncer dans leurs orbites et défigurer ce visage qui, quelques secondes plus tard, redevint l'incarnation de la perfection. Ce n'était qu'une illusion créée par les flammes du foyer, pensa Judith, le cerveau ankylosé.

Mais cette image furtive, plus que les mots, avait secoué la douce torpeur qui l'engourdissait.
— Car, en vérité, continua la Mort, Croatoan se dit mon maître mais me traite pour ce que je suis : une déesse !

Golgotas soupira longuement. C'était plutôt mal barré si l'allumeuse caressait des rêves de grandeurs : Darius était trop bien élevé pour calmer la greluche. Et puis d'ailleurs, un truc ne tournait pas rond ici ; ça sentait franchement la charogne. Pourtant, à sa grande surprise, son cousin repoussa l'assiette posée devant lui et lorsqu'il se releva lentement pour reprendre la parole, sa voix était impérieuse :
— Assez de simagrées et d'illusions. Je ne te demande pas ton avis. Je suis le véritable souverain des Enfers et tu me dois obéissance !

Ces mots giflèrent la Faucheuse qui se releva à son tour avec fureur, mais l'autorité qui se dégageait du jeune démon la contraignit peu à peu au calme. À mesure que l'aura de Darius montait en puissance, leur hôtesse semblait s'étioler comme une fleur qui se fane. Son visage beau et plein se creusa rapidement, ses joues roses disparurent, remplacées par des pommettes grises et pointues, ses yeux s'enfouirent dans un labyrinthe de cernes profondes et ses lèvres charnues s'asséchèrent pour laisser apparaître de grosses dents carrées et jaunes. Au grand dam de Vlad, ces dernières claquaient d'ailleurs intensément. De même, son corps plantureux s'effondra sur lui-même, se voûtant, se tordant, les os perçant presque la peau parcheminée, l'estomac rentré si profond sous la cage thoracique que l'on pouvait y deviner les vertèbres.
— Tu ne te rends pas compte de ce que tu me demandes ! s'écria-t-elle d'une voix stridente qui rappela à Judith le son

d'une craie que l'on ferait crisser sur un tableau noir. J'ai tellement faim ! J'ai toujours tellement faim !

Le regard hideux qu'elle lança alors aux deux mortels les firent s'abriter derrière Darius qui, inflexible, n'avait pas bougé d'un pouce et fixait la Faucheuse avec mépris.

— Pourquoi protèges-tu ces misérables humains ? poursuivit-elle en geignant. Ils te craignaient, te haïssaient et maintenant qu'ils font face à leur avenir et au vers conquérant[14], ils sont prêts à s'asseoir sur tes genoux !

Autour d'eux, la maison aussi avait changé et la charmante bicoque s'était transformée en lugubre masure de bois noir et vermoulu, couverte de moisissure. Par les fenêtres sans vitre et sans rideau, la prairie luxuriante était maintenant une plaine nauséabonde et froide dont le sol était constitué de chair morte. Creusant dans ce gigantesque charnier, d'énormes vers blancs gros comme des moutons se gorgeaient de viande avec d'atroces bruits de succion. La température, quant à elle, avait rapidement plongé dans le négatif et les corps des hommes et des démons fumaient littéralement.

— Dis-moi comment envoyer Croatoan dans les limbes ! ordonna alors Darius sans se préoccuper des jérémiades de leur hôtesse.

— Tu ne le sais donc pas ? répondit-elle, moqueuse.

— Par ton père Satan et par le Glaive Écarlate que je peux tenir, arrête de jouer avec moi et réponds !

Zorg, tout comme Golgotas, ne reconnaissait plus Darius. Les mots de l'archange Gabriel devaient commencer à faire

---

14. Chez les auteurs romantiques gothiques tels que Baudelaire ou Edgar Allan Poe, le vers conquérant désigne la Mort.

leur chemin et sa puissance irradiait littéralement dans l'air autour de lui.

La Mort se recroquevilla encore un peu plus et, avec une grimace narquoise, désigna une grosse armoire de métal.

— Il te faudra utiliser l'extension de mon bras droit, expliqua-t-elle sans se départir de son mauvais sourire.

La porte du meuble s'ouvrit alors en grinçant. À l'intérieur, une faux plus ancienne que le monde pendait à un crochet.

— Prends-la, Darius et détruis Croatoan si tu le désires ! Je ne peux t'en empêcher. Je ne sers ni mes intérêts, ni ceux de mon père, ni même ceux du Ciel. Je n'obéis qu'au Destin même si j'ignore tout de sa nature...

La faux, hormis son âge antédiluvien, ne présentait à première vue rien d'extraordinaire et Darius s'approcha pour la saisir.

— Arrête ! cria Zorg à son ami qui retint son geste juste à temps. C'est un peu trop facile, ne trouves-tu pas ?!

Les yeux du zombie s'agrandirent d'excitation derrière ses lunettes.

— Souviens-toi du *Livre du Néant* ! Les écritures évoquaient « une main qui ne fume pas » ! Regarde-toi ! Regardez-vous tous ! Votre chaleur corporelle produit de la vapeur, contrairement à la Mort ou à moi !

La colère tordit les traits ravagés de la camarde.

— Tu divagues, Kandahar ! Jamais je n'oserais...

— Je pense que personne ne peut toucher cette faux sans mourir dans la mesure où son pouvoir est justement d'enlever la vie... supposa le zombie.

Il se tut un instant avant de continuer :

— Personne de vivant !

Et sans plus attendre, il dépassa Darius et attrapa le manche de l'haïssable outil, préparé au pire. Mais rien ne se passa et la faux continua de briller entre ses mains. Leur hôtesse, elle, avait dépassé le stade de l'hystérie et hurlait à la vie :
— MAINTENANT QUE VOUS M'AVEZ PRIS MON BIEN, PARTEZ ! PARTEZ ET NE REVENEZ JAMAIS ! À part vous mes petits, ajouta-t-elle plus bas, en léchant ses dents, à l'intention de Vladimir et Judith. Vous, vous reviendrez voir maman très bientôt ! Puis elle reprit de plus belle : PARTEZ ! LAISSEZ-MOI AVEC MA FAIM ! PARTEZ VITE !

Une porte rouge s'ouvrit brusquement au fond de la salle à manger qui ressemblait maintenant à une crypte sans âge et un vent d'une extrême puissance se leva, poussant le groupe à sortir. Elle claqua après eux avec violence, laissant la Mort à son désespoir et à son insatiable appétit.

Ils se relevèrent dans un lieu inconnu où le silence assourdissant contrastait grandement avec la tourmente qu'ils venaient de quitter. Darius, après avoir essayé sans succès de rouvrir la porte qui menait à l'antre de la Faucheuse, se concentra sur son environnement immédiat. La salle où ils se trouvaient maintenant était une vraie caverne d'Ali Baba et s'il n'y avait pas de fenêtre, des dizaines de chandeliers en or massif éclairaient efficacement les lourdes tentures pourpres, les sculptures et les tableaux de maîtres. Les peintures étaient toutes de véritables chefs-d'œuvre et attiraient l'œil le plus expert comme le plus novice. Sur la toile la plus proche de Darius, ce dernier reconnut la chute de Lucifer et de ses anges déchus... Près de Zorg, le tableau représentait le serpent qui réussit à tenter Adam et Eve... Golgotas, lui, était perdu dans la contemplation d'une messe noire...

— Je me suis pris un chandelier dans la rotule ! chouina Vladimir en massant son genou. C'est bien glauque ici... Et puis putain, c'est quoi cette chaleur de bête ?!

— Tu ne crois pas si bien dire, lui répondit Le Gol. J'ai l'impression qu'on a débarqué... en Enfer... Tu le sens Darius ?

— Oui ! À Pandémonium !

Zorg, après avoir tapé amicalement sur les épaules de Vladimir et Judith qui n'en menaient pas large, s'approcha de la grande statue d'un bouc assis sur un trône. De ses pattes avant, l'animal tenait quelque chose recouvert d'un drap de soie noire. D'un geste sec, le zombie le retira et sourit.

— Si j'en crois le Glaive Écarlate que je vois posé juste devant moi (il brillait d'un éclat sanglant derrière une vitre de cristal), je dirais que nous sommes au palais royal, au sein même de la fameuse Chapelle Maudite.

40

— Le daron de Lilith avait raison, grogna Golgotas en saisissant un candélabre en or. La Chapelle Maudite cache bien une arme capable de fumer Croatoan puisque c'est une voie directe de l'Enfer vers l'antre de la Mort. Et nous avons le Glaive Écarlate en bonus ! conclut-il en abattant sa massue de fortune sur la vitre en cristal.

Cette dernière ne vibra même pas tandis que le chandelier se fracassa entre les mains meurtries du Gol.

— Par mon duvet en plumes d'anges, s'excita-t-il alors en brandissant un nouveau luminaire.

— Arrête, tu n'arriveras à rien comme ça, le retint Darius. Quand j'ai besoin du Glaive, il se matérialise dans ma main...

Puis d'un air sombre, il ajouta :

— Allons plutôt chercher le Grand Prêtre !

— Ouais ! Il va salement payer ! rugit Golgotas en décrochant un magnifique sabre en acier de Damas d'un panneau en velours.

Sur tout un pan de mur, une splendide collection d'armes de toutes les époques et de toutes les régions de la Terre était en effet exposée.

— Ne restez pas les mains vides, ordonna-t-il aux mortels en ajoutant une dague finement ouvragée à sa ceinture.

Judith s'approcha du mur et se sentit immédiatement attirée par un fléau dont la lourde boule hérissée de pointes brillait d'une lueur verdâtre. En-dessous, sur une petite étiquette, était écrit « Attila ». Elle en saisit le manche avec précaution et, malgré le poids important de l'arme, elle sentit la force et l'assurance affluer en elle. Vladimir, lui, ne put retenir un cri de plaisir en découvrant un AK47 en or massif.

— Whaou ! La kalach de Saddam[15] ! J'y crois pas ! Et il y a même des chargeurs !

— Ne perdons pas de temps, répéta alors Darius en s'avançant vers l'unique autre porte de la Chapelle.

Constituée d'une matière inconnue, des diamants ainsi qu'un énorme rubis y avaient été sertis. La position des pierres, qui semblait aléatoire, ne devait pourtant pas être due au hasard.

— Ça veut dire quelque chose pour toi ? demanda le jeune démon à Zorg qui s'appuyait négligemment sur sa faux.

— C'est une représentation exacte de la voûte céleste vue de la Terre, répondit le zombie après un bref instant de réflexion. Le rubis, c'est la planète Vénus, autrefois appelée « étoile du matin ». Or, l'étoile du matin[16], c'est aussi un autre nom pour Lucifer...

Même Golgotas ne put s'empêcher de déglutir bruyamment.

— Ça doit être ses appartements ! Vous imaginez si on tombe sur lui ?!

---

15. Une kalachnikov en or a effectivement été retrouvée dans un des palais de Saddam Hussein à Bagdad.

16. Dans la mythologie latine, l'étoile du matin, ou Lucifer, « porte la lumière ».

— Pas vraiment non... souffla Darius qui sentit une petite main se glisser dans la sienne.

Reconnaissant la texture incroyablement fragile de la peau humaine, le jeune démon se retourna avec son plus beau sourire... qui se transforma en grimace lorsqu'il découvrit le visage un peu gêné de Vladimir.

— Désolé mais je flippe ma race ! s'exclama-t-il en retirant sa paume toute moite. (Judith, elle, faisait celle qui n'avait rien vu.)

Sans plus attendre, Darius, un peu vexé, poussa la porte et pénétra dans une vaste salle ovale de granit blanc totalement nue : pas un meuble, pas un objet, juste une vaste cheminée éteinte depuis des siècles et quelques torches éternelles allumées le long du mur.

— Alors, il est bien parti... constata platement Zorg en parcourant la chambre du regard.

— C'est pour ça que je suis ce que je suis, murmura, songeur, son ami qui recherchait la légendaire porte d'ivoire.

— Il n'y a pas d'ouverture ici, déclara Judith en caressant le mur continu. Comment on va sortir ?

Mais à peine Darius l'avait-il rejointe que des blocs de pierre se mirent à bouger et à se réagencer devant lui, formant une large ouverture en ogive.

— Suffit d'être le patron apparemment, répondit Le Gol qui tapa dans le dos de son cousin avant de s'engager dans les couloirs du palais royal.

Dans sa sombre petite chambre, Scutigera chantonnait gaiement en astiquant ses outils. C'était une vieille chanson qui parlait d'Arachné, une jeune femme de Lydie qui, se croyant meilleure tisseuse que les dieux, fut, pour la peine, transformée en araignée géante. Il trouvait cette histoire révélatrice de la stupidité des hommes qui avaient inventé un mythe pour un arachnide médiocre mais ne s'étaient pas soucié des glorieux myriapodes ! Il se tut un instant pour couver du regard le grand tube de verre dans lequel étaient stockés ses œufs. Des centaines, des milliers de larves sublimes qui attendaient patiemment leur heure pour éclore et prolonger la vie du Multiple. Soudain une vibration se propagea dans l'air au-dessus de lui. Il reposa doucement ses fins ciseaux à écorcher et dressa ses antennes vers le plafond. La voix de Croatoan explosa soudain dans ses ganglions nerveux ainsi que dans le crâne de son hôte : « Il semblerait que l'armadragon des Sanguinante ait disparu de Pandémonium... Plutôt étrange comme coïncidence, tu ne trouves pas ? Même si cela me paraît un peu grossier pour que cela soit l'œuvre du Duc – peut-être un coup de sa femme ou, mieux, de sa fille, je crois savoir qu'elle était censée s'unir à Darius – retrouve-le moi, j'aimerais le sonder. Et fais en sorte qu'il ne se doute de rien ! » Le message terminé, la présence du Grand Prêtre disparut aussitôt et Scutigera, qui savait ce que voulait dire « sonder » pour son maître, se félicita d'avoir nettoyé ses instruments de torture : bientôt, il les utiliserait sur le grand Halicarnas Sanguinante et l'on verrait bien combien de temps ce cher Duc pourrait rester méprisant ! L'homme-mille-pattes s'esclaffa encore en pensant à la Duchesse et à la jeune Lilith. Peut-être Croatoan voudrait-t-il qu'il s'en charge aussi ? Quel bonheur ! Quel plaisir !! Il en frétilla d'excitation sur le crâne glabre qui ricanait. Mais d'abord, il fallait trouver ce coquin, pensa-t-il en se frottant les pattes et les mains. Le Duc devait probablement continuer ses recherches de la Chapelle Maudite tout seul et, s'il était vraiment un traître, Scutigera comprenait maintenant pourquoi il s'acharnait ainsi...

Des heures qu'il tournait comme un rat dans un labyrinthe ! Jamais il ne la trouverait, il le comprenait maintenant, le palais ne le permettrait pas ! De rage, le Duc frappa l'antique tapisserie tendue près de lui et se fracassa le poing sur le mur derrière la représentation d'un festin cannibale.

— Par le Purgatoire ! Je suis foutu ! hurla-t-il de dépit plus que de douleur.

Une petite brise glaça alors son dos trempé de transpiration. Dans cet enfilement de chambres confinées, c'était une piste comme une autre et Halicarnas décida de suivre le courant d'air. Il venait de sa gauche et soufflait apparemment de derrière le piédestal d'une statuette de diablotin. Il essaya de déplacer l'ensemble puis chercha un quelconque mécanisme, sans succès. La sculpture, au fond de son alcôve de marbre noir, ricanait à la face du Duc mais refusait de dévoiler son secret. Ce dernier, lassé par l'ensemble de ses recherches infructueuses, allait abandonner lorsque le sol vibra sous ses pieds. Dans un roulement de tonnerre, l'alcôve dans son entier pivota alors sur le côté, laissant apparaître un étroit passage. Étonné par cette réussite inattendue – qu'avait-il pu bien faire pour déclencher le mécanisme ? – Halicarnas Sanguinante se préparait à s'y faufiler lorsqu'il tomba nez-à-nez avec un mort-vivant affublé d'une énorme paire de lunettes clouées sur le front.

— Mais qu'est... qu'est-ce... ? balbutia-t-il comme un jeune démon impressionnable pour la première fois depuis sa lointaine jeunesse.

Les surprises ne faisaient que commencer car le zombie fut vite suivi par les cousins Gore, ainsi que par... deux mortels !

— Mais... mais..., continua-t-il stupidement (et il se détesta pour cela).

— Monsieur le Duc, s'exclama alors Le Gol en souriant. Quel plaisir !

— Golgotas ! Darius ! répondit-il en reprenant contenance. Mais que faites-vous ici ? Et avec des humains ?! Croatoan a juré votre perte...

— Nous sommes au courant mais c'est nous qui allons le détruire, affirma Darius avec détermination.

— Nous venons de la Chapelle Maudite, ajouta son cousin avec un clin d'œil complice à l'attention d'Halicarnas qui se sentit soudain très vieux. Quant à eux, grimaça-t-il en désignant Vladimir et Judith, c'est les renforts...

— Pouvez-vous nous conduire à Croatoan ? enchaîna Darius sans perdre de temps.

— Oui, bien sûr. Il doit être dans la salle du trône, il ne la quitte que rarement... Mais ne faites pas de bêtises ! Comment pourriez-vous le vaincre ? Sa puissance n'a fait que croître depuis qu'il porte la couronne. Et il est entouré de sa garde personnelle !

— T'inquiète papy, ricana Le Gol avec une insolence proprement intolérable. On a ce qu'il faut !

Malheureusement, au bout du couloir, les yeux brillants et les oreilles alertes de Scutigera avaient suivi la conversation avec intérêt et il s'était bien entendu empressé de la retransmettre à son maître. Décidément, pensa l'homme-mille-pattes avec malice, c'était vraiment une bien belle journée !

41

Croatoan, debout devant son trône, entouré de ses légions silencieuses, serra les poings jusqu'à ce que craquent quelques os. Il avait bien du mal à appréhender la nouvelle : Darius était de retour en Enfer, il courait dans les couloirs du palais avec ses amis et ce traître de Sanguinante, au lieu de se terrer comme un rat ! Quelle folie ! Quel affront ! Et il avait, soi-disant, trouvé la Chapelle Maudite ? Il sentit subitement la Couronne de Fer peser lourd sur son crâne mou. Et si c'était vraiment le cas, et que le jeune démon était entré dans les appartements de Lucifer, qu'y avait-il trouvé ? Un sentiment un peu trop proche de la peur contracta les côtes de Croatoan et cette faiblesse inacceptable le rendit fou de rage. Que croyait-il, ce maudit freluquet, pour venir le défier, lui, nouveau maître des Enfers ! Le pouvoir de Darius était grand, certes, mais il était jeune et ignorait tout de ses propres capacités. Tandis que lui n'était pas seulement le Grand Prêtre de la Mort, il était aussi un des premiers Princes Infernaux, Marquis de Pandémonium et Archiduc des limbes ! Il sentit le pouvoir monter en lui par vagues et, desserrant les poings, il commença à créer une boule de ténèbres entre ses paumes. Psalmodiant un sort ancien, Croatoan fit tourner le petit nuage noir de plus en plus vite dans la cage de ses doigts. Il y déversa sa haine et sa malice, tout en souriant de ses gencives de momie...

Golgotas suivait le Duc Sanguinante en redoublant de vigilance : l'interminable escalier en colimaçon ouvert de tous côtés qu'ils montaient les uns derrière les autres pour atteindre le niveau supérieur faisait d'eux des cibles trop faciles. Quelques archers bien placés pouvaient mettre fin à leur entreprise avant même qu'ils n'aient pu atteindre l'usurpateur. Ça, c'était si les planches vermoulues jusqu'à la moelle ne cédaient pas avant pour les envoyer s'écraser plus bas. Ou que, dans son dos, les humains qui haletaient comme des bêtes à cause de la chaleur n'alertaient pas un espion de Croatoan ! Quelle connerie de se les coltiner ici ! Mais son cousin, qui fermait la marche, avait clairement un faible pour la petite blonde (ce qui était plutôt une bonne nouvelle si elle le détournait de Lilith) et s'escrimait à les soutenir et à les exhorter au courage, elle et l'autre mortel. De toute manière, les humains allaient bientôt clamser, il était prêt à le parier. C'était déjà un miracle en soi qu'ils aient atterri au palais où l'épaisseur inouïe des murs rendait la température plus clémente et les empêchait de cramer. Littéralement. Enfin ils atteignaient l'étage supérieur ! Ils avaient dû grimper quelques centaines de mètres sur ce putain d'escalier mais impossible de dire s'ils étaient encore sous terre ou dans une haute tour. Au moins, le sol était plat et c'était tout ce que demandait Le Gol dont les cuisses et les mollets gonflés par l'effort commençaient à le faire souffrir. Les humains, eux, s'écroulèrent comme des pantins dont on aurait coupé les fils.

— Je... j'en... peux... plus... marmonna Vladimir qui, allongé sur le dos, les bras en croix, avait l'air de sortir de la douche.
— Il me faut de l'eau... souffla Judith à genoux, derrière un rideau de cheveux trempés.
— Pas facile d'en trouver ici, commenta Golgotas sans méchanceté. Le peu qui coule en Enfer est souvent empoisonné...
— On... va... crever...
Le Gol s'abstint de répondre à Vladimir qu'il en était sûr lui aussi, et préféra laisser Darius s'emmêler tout seul dans les mensonges et les encouragements foireux. Il se tourna plutôt vers le Duc qui, reprenant également son souffle, affichait un air soucieux.
— Un problème ? demanda-t-il en suivant le regard d'Halicarnas Sanguinante qui fouillait la pénombre alentour.
— J'ai laissé quelques-uns de mes démons les plus fidèles dans cette salle... Ils ne seraient jamais partis sans raison. Et ce n'est pas si sombre ici normalem...
Le Duc s'interrompit et dégaina un large poignard qui luisait dans l'obscurité. Celle-ci s'épaississait justement.
— Tenez-vous prêt ! s'exclama-t-il alors. Un maléfice est à l'œuvre !
Golgotas réalisa soudainement qu'une étrange brume noire les encerclait en tournoyant, resserrant autour d'eux son étreinte.
— On est grillés, gueula-t-il à l'attention de Darius.
Mais à peine eut-il le temps de sortir sa lame de Damas que le nuage obscur s'abattit sur leur petit groupe et qu'un choc terrible lui percuta la poitrine de plein fouet, l'aveuglant et le renversant sur le sol de pierre...

Avant qu'il ne puisse voir à nouveau, Le Gol savait qu'il n'était plus à Pandémonium. Un vent froid soufflait sur son visage et lorsqu'il bougea ses doigts, ceux-ci plongèrent dans une épaisse couche de poussière. Puis les ténèbres de la cécité laissèrent la place à un ciel d'encre où se découpaient des montagnes grises. Il leva la tête pour découvrir qu'il n'était pas le seul à reprendre ses esprits. Le Duc, assis dans la poussière, se massait l'arrière du crâne, Vladimir et Judith gémissaient faiblement et Zorg, déjà debout, cherchait Darius en beuglant comme un âne.

— Par le corps décomposé d'un vautour fauve ! jura Golgotas en se relevant d'un bond. Où est passé cet enfoiré de Darius ?

— Il est dramatiquement introuvable, gémit le zombie qui cria à nouveau le prénom de son ami au cirque de montagnes.

— Où sommes-nous ? demanda alors le Duc en cherchant son poignard.

Il était tombé sur les corps de ses soldats. Présents eux aussi, ils semblaient être passés sous un rouleau compresseur, et ce fut surtout le blason Sanguinante sur leur équipement qui lui permit de les identifier.

— Je reconnaîtrais ce paysage entre mille, répondit Zorg d'une voix blanche. Ces sommets de cendre, ce chaos de rocs et ces plaines de poussière. Vous n'entendez pas l'eau couler à quelques mètres de nous ? Ce sont les murmures du Styx. Nous sommes dans les limbes !

À peine eut-il évoqué le fleuve qui ceignait les Enfers que Vladimir et Judith se précipitèrent vers l'onde noire et y burent goulûment.

— Méfiez-vous ! leur lança le mort-vivant un peu tard. Elle est potable mais, si vous y buvez, vous devrez un jour le payer !

Les humains n'eurent pas le loisir de lui demander des explications car des rires déments venaient d'exploser au-dessus d'eux avec la force d'un ouragan. Ils levèrent tous la tête en même temps pour découvrir un terrifiant spectacle : sur les plus hauts sommets des pics jamais enneigés des limbes dépassaient à présent six têtes gigantesques de femmes hilares qui montraient des dents jaunâtres grandes comme des immeubles. Roulant des yeux fous de la taille de stades olympiques, elles s'approchaient terriblement vite malgré leurs lents mouvements de titans.

— IL FAUT SE BARRER D'ICI ! hurla Gogotas qui se sentait gagné par la panique.

Apparemment, les sorcières de Croatoan avaient fait une poussée de croissance !

Darius était en train d'aider Judith à se relever lorsque Le Gol avait braillé. Une sorte de déflagration les avait alors tous envoyés méchamment sur le carreau. Maintenant qu'il ouvrait les yeux, la pluie tombait drue sur son front et des bras énormes le tenaient au-dessus du sol. Tentant de se libérer de la vigoureuse étreinte, il constata avec horreur sa terrible impuissance. Soudain, un éclair zébra le ciel nocturne et une masse de cheveux noirs lui fouettèrent le front. Un visage se tourna vers lui et il crut le reconnaître sous les stigmates de la fatigue, de la souffrance et de la peur. Autre éclair aveuglant. La pluie qui redoublait d'efforts pour le noyer. Une large main vint délicatement se poser sur sa tête pour le protéger un peu du déluge. Entre les colossales phalanges, il vit alors un grand bâtiment illuminé d'où sortirent des hommes vêtus de blouses blanches. L'un d'eux tendit le doigt vers Darius et ils se mirent à courir. Secoué dans tous les sens, la tête toujours maintenue par l'énorme main, Darius ne put s'empêcher de crier et de pleurer. Soudain la pluie cessa et des hennissements de chevaux en couvrirent un instant la crépitation.

— Démarrez s'il vous plaît ! tonna la voix contre son oreille.

— C'est pour aller où ma p'tite dame ?

— Juste démarrez pour le moment... S'il vous plaît...

Il y eut un moment de silence, puis Darius sentit qu'ils avançaient. Un faible cri étouffé lui parvint alors :

— Revenez Carmen ! Vous ne pouvez pas faire ça !

Cette dernière soupira de soulagement en sentant l'accélération de la calèche et allongea Darius sur ses genoux, face à elle. Sur ses joues, des larmes se mêlaient à la pluie.

— Mon tout petit... Mon atroce petit bébé, murmura-t-elle en caressant ses minuscules cornes. Qu'est-ce que je vais faire de toi ?

42

Golgotas avait beau gueuler comme un putois qu'il fallait se bouger les miches, le spectacle des Sorcières de l'Ombre de Croatoan enjambant la chaîne de montagnes de leurs longues jambes osseuses comme si c'était un simple muret avait de quoi vous clouer sur place.

— J'ai l'impression d'être un cafard dans la cuisine de ma mère, glapit Vladimir en reculant sur la berge du Styx. Je crois que j'ai vraiment besoin d'une Nicorette !

— Faut se barrer ! répéta fiévreusement Le Gol qui cherchait la meilleure direction à prendre.

La plaine poussiéreuse s'étendait à perte de vue autour d'eux, désespérément plate et vide.

— Tous les morts-vivants des limbes sont sur Terre à présent, expliqua Zorg qui cherchait toujours Darius des yeux. Ces dames doivent nous voir – et je sais de quoi je parle – comme le nez au milieu de la figure !

— On pourrait pas se jeter à l'eau ? proposa Judith en montrant les eaux noires du fleuve.

— Uniquement en dernier recours, grogna Le Gol. C'est une frontière de l'Enfer. Avec son courant et sa profondeur, personne n'en ressortira. Mais je préfère ça plutôt que de finir écrasé sous un énorme pied dégueulasse ! ajouta-t-il avec un sourire mauvais.

Au loin, les géantes s'approchaient bien trop vite, avalant les kilomètres et faisant trembler la plaine à chacun de leur pas. Bientôt il serait trop tard, réalisa Golgotas qui se refusait à courir sans but comme un poulet décapité. Lorsqu'on a perdu, lui disait parfois son père après un match de headball difficile, la fierté restait le dernier rempart contre la véritable défaite... La poussière sembla alors exploser juste devant lui et une flamme noire sortit du sol en dansant. Cette dernière n'émettait aucune chaleur, semblait ne rien consumer mais crépitait cependant bruyamment.

— Qu'est-ce que c'est que ce truc ?! s'écria Le Gol qui, perdu dans ses souvenirs, venait de sursauter comme un écolier devant son premier slasher[17]. Il commençait à être sacrément à cran...

— Ça, c'est l'essence d'un démon, répondit Zorg, intrigué. Normalement, elles préfèrent rester à l'écart des créatures des limbes et dorment dans les profondeurs. Celle-ci a un comportement pour le moins étrange.

La flamme tournait à présent autour de Golgotas et bondissait devant lui comme un gros chien fou. Une étrange idée s'imposa alors à ce dernier.

— C'est passionnant tout ça, intervint alors le Duc, mais pendant que vous la jouez *Infernal Geographic*, les sorcières gagnent du terrain ! Désolé les jeunes mais moi je m'en vais !

---

17. Genre cinématographique où des ados se font charcuter les uns après les autres par un psychopathe un peu énervé.

Le Duc allait se mettre à courir, lorsque Le Gol le retint d'une main ferme.

— Comment oses-tu me...

— Taisez-vous ! Je ne laisserai pas le père de Lilith se faire écraser bêtement.

Il se tut un instant avant de sourire à la flamme.

— Je... je crois que c'est mon père et qu'il veut nous aider !

À ces mots, l'esprit sembla se réjouir réellement en émettant des myriades de petites flammèches et en crépitant de plus belle. Puis, tout à coup, il s'élança vers les géantes en soulevant de la poussière.

— Suivons-le ! s'exclama Golgotas en fonçant derrière le feu noir.

— Pourquoi va-t-il VERS les sorcières ? gémit alors Vladimir en s'élançant cependant comme les autres à la suite du Gol.

Malgré les apparences, l'intuition du jeune démon avait été juste car la flamme obscure s'était arrêtée et grésillait à présent devant un large trou qui s'ouvrait, presque invisible, à la surface du sol. Sans attendre, elle bondit dans la crevasse et le petit groupe, qui courait maintenant dans l'ombre de la première géante, n'hésita pas un instant à s'y jeter à son tour. Ils atterrirent un peu brutalement dans un étroit réseau de galeries dans lequel il fallait souvent se mettre à quatre pattes pour avancer. Heureusement, la flamme noire était devenue phosphorescente et continuait à les guider dans les ténèbres souterraines. Derrière eux, d'immenses mains étaient déjà en train de creuser la poussière et ils s'écorchèrent les genoux en rampant aussi vite que possible. Malgré leurs efforts, les doigts gigantesques gagnaient du terrain, faisaient s'effondrer les tunnels... Ils manquèrent se faire ensevelir vivants à plusieurs reprises.

— Encore un petit effort bande d'enfoirés ! hurla alors Golgotas en tête. Le conduit s'élargit !

Ils purent bientôt se lever et se mettre enfin à courir. Mais ce n'était pas la seule bonne nouvelle. La structure du sol elle aussi avait changé et la poussière compacte au-dessus de leur tête avait laissé la place à de la roche plus dure : les mains géantes creusaient encore mais beaucoup moins facilement !

Sprintant comme des malades, ils s'éloignèrent peu à peu de l'épicentre des séismes qui ne devinrent finalement qu'un bruit de fond, comme un orage lointain. Ils débouchèrent dans une vaste cavité tapissée de milliers de cristaux. La froideur de l'émeraude, de l'améthyste et du quartz rose luttant contre la chaleur du rubis, de la topaze et du grenat créait un splendide et impressionnant chaos de couleurs.

— Whaou ! C'est superbe ! souffla Judith qui en oubliait presque les grosses mains qui fouissaient au loin.

— Mais d'où provient la lumière ? demanda Zorg avant d'en repérer la source.

Au fond de la cavité brillaient en effet six objets disposés sur une roche plate et, en regardant plus attentivement, le zombie réalisa que c'était des cœurs humains qui émettaient cette étrange luminosité.

— Incroyable... Je crois savoir de quoi il s'agit... déclara-t-il avec un début d'enthousiasme.

Il allait s'approcher lorsque la flamme noire s'interposa en crépitant.

— Attends ! chuchota Golgotas en se baissant d'instinct. Mon père – il était maintenant certain que cet esprit était celui de Lavinius – nous met en garde...

À peine eut-il fini de prononcer ces mots qu'une énorme créature sortit de l'ombre en grognant et alla se poster devant les cœurs. Le métal de sa mâchoire ainsi que son impressionnante carrure ne laissaient malheureusement aucun doute sur sa nature.

— Merde ! Un Gladiateur ! souffla Zorg qui connaissait bien leur réputation de guerriers accomplis et de brutes sanguinaires.

Une autre silhouette caparaçonnée surgit de derrière un rocher en montrant les dents.

— De mieux en mieux, ajouta Le Gol : DEUX Gladiateurs ! Comme si un seul de ces types ne suffisaient pas... Mais qu'est-ce qu'ils foutent là ?

— Ils protègent les cœurs des Dames de l'Ombre ! C'est notre chance ! lui répondit Zorg. Si nous les détruisons, nous anéantissons aussi les géantes !

Le Gol envoya un clin d'œil à la flamme noire « Bien joué, Père ! » et observa la grotte d'un œil neuf.

— C'est la première fois que je vois des Gladiateurs travailler ensemble...

— Ce n'est pourtant pas rare, déclara le zombie en faisant mine de remonter ses lunettes. À la cour du roi Minos, par exemple, ils sont souvent utilisés en duo. Ils sont liés à une tâche par un sort de motivation.

— Un sort de motivation ?

— S'ils échouent, ils meurent, conclut platement le mort-vivant.
— C'est plutôt une bonne nouvelle alors, intervint le Duc Sanguinante pour montrer que c'était toujours lui le mâle alpha. En détruisant les cœurs, on se débarrasse aussi de ces monstres !
— Sauf qu'il faudrait déjà pouvoir les atteindre... marmonna Golgotas, pensif. Impossible d'affronter des Gladiateurs, ils sont trop puissants et trop adroits au maniement des armes.
— Et avec ça ? tenta Vladimir en montrant son rutilant fusil d'assaut.
— Ça ne traversera jamais leur cuirasse, expliqua Golgotas... Mais j'ai une idée... Si je ne suis pas encore une flamme noire comme mon père, c'est qu'ils ne nous ont pas repérés donc nous avons l'avantage de la surprise. On va peut-être pouvoir percer leur défense.

Le Gol, qui remettait l'air de rien sa casquette de capitaine de headball, continua avec enthousiasme :
— Je vous explique le plan. Moi, je suis en tête de mêlée, Vladimir, Judith sur mon dos et le Duc qui ferme la marche. Zorg, toi, t'es trop lent et tu risques de couper quelqu'un avec ton énorme faux, donc tu restes sur la touche. Notre formation doit être la plus dure possible donc, comme je vais foncer, vous avez intérêt à vous bouger et à me coller au train sinon on s'écrasera sur les Gladiateurs. Si on est assez rapides pour les surprendre, on a une chance de les renverser et d'atteindre les cœurs... C'est clair ?

De toute manière, même si Halicarnas Sanguinante avait quelques remarques à faire sur la place de leader que le jeune Gore briguait visiblement et que Vladimir aurait aimé émettre un doute ou deux concernant le plan, les sorcières, qui s'excitaient maintenant juste au-dessus d'eux dans un vacarme d'ongles raclant la roche, mirent tout le monde d'accord. Trois... Deux... Un... Maintenant ! fit signe Golgotas qui s'élança. Leur pack surgit en silence au moment où l'esprit de Lavinius accaparait l'attention des Gladiateurs. Ils les dégommèrent sur les côtés, en plein dans des massifs de pyrite, avec une violence qui faillit assommer Le Gol. La voie était libre et, devant eux, les cœurs lumineux dégageaient une douceâtre odeur de pourriture qui souleva l'estomac de Judith. Avec Golgotas à moitié dans les vapes et les Gladiateurs qui se relevaient déjà en meuglant, il ne fallait pas perdre de temps. D'un geste rapide, elle leva son fléau d'arme et l'abattit sur un organe momifié de toutes ses forces. Ce dernier explosa dans un bruit infâme en même temps qu'un horrible cri déchirait le ciel loin au-dessus de leur tête. Vladimir réagit lui aussi au quart de tour et, suivant l'exemple de son amie, envoya une rafale de balles perforantes qui déchirèrent quatre autres cœurs. Le Duc, lui, acheva le travail d'un seul coup de poignard qui élimina à la fois la dernière sorcière et les deux Gladiateurs. À la surface, après des mugissements colossaux, les corps des Dames de l'Ombre se réduisirent en cendres froides. Abasourdi par leur victoire inespérée, Le Gol, titubant, s'apprêtait à féliciter son équipe lorsqu'un vertige puissant lui fit à nouveau perdre l'équilibre. Malgré ses efforts pour rester conscient, il sentait son esprit partir loin de son corps. Crispant inutilement tous ses muscles, il jeta un coup d'œil autour de lui pour constater que tous les autres étaient déjà sans connaissance. Lui-même n'en avait plus pour très longtemps ! La caverne aux cristaux tournait de plus en plus vite. La flamme noire s'approcha alors et caressa son visage avant que l'obscurité ne l'engloutisse lui aussi.

43

La pluie, la calèche et l'odeur des chevaux, la robe de chambre trempée de sa mère sous le léger manteau noir qu'il ne pouvait s'empêcher de suçoter, tout cela disparut d'un seul coup. Darius était maintenant couché dans un petit lit entouré de barreaux blancs. Le plafond au-dessus de sa tête était couvert de taches brunes et le « plic-plic » de l'eau qui tombait dans un sceau à moitié plein le berçait doucement. Dans la pièce à côté, sa mère se disputait avec une autre femme et ça lui donnait envie de pleurer :

— Mais enfin Miss Pritchard, vous n'allez tout de même pas jeter une mère et son enfant à la rue en plein hiver !

— Et pourquoi pas ?! Je ne fais pas la charité, je tiens une pension ! Un établissement de bonne réputation qui plus est ! Si vous n'avez pas de quoi payer, vous devrez partir !

Un court silence, puis la voix de Carmen se fit plus douce :

— Écoutez, Viviane, je sais que vous avez déjà été très patiente avec moi mais, s'il vous plaît, les choses vont s'arranger, j'attends de l'argent de mon mari...

— Tatata ! Pas de boniments ! Je sais bien que vous n'avez pas de mari ! Personne ne vous écrit et ça fait des semaines que vous restez cloîtrée avec votre bébé que personne n'a jamais vu ! J'ai fait une erreur en vous acceptant ce jour-là alors que vous n'aviez ni bagage, ni lettre de recommandation !

— Vous m'avez acceptée, comme vous dites, car je vous ai payé trois mois d'avance en liquide ! répliqua sa mère en haussant à nouveau le ton. Maintenant, faites preuve de générosité...

La suite de la conversation devint peu à peu inaudible pour Darius qui babilla en attrapant l'un de ses pieds velus. Sur un fauteuil près de lui, éclairé par une vieille lampe à gaz qui semblait produire plus d'ombre que de lumière, une forme silencieuse était assise, jambes tendues. Plus loin, la conversation se termina enfin avec le claquement d'une porte, puis des bruits de pas précédèrent l'arrivée de sa mère dont le visage souriant fit disparaître la moisissure du plafond.

— Ne t'inquiète pas mon ange, tout va s'arranger, mentit-elle doucement.

Elle n'avait d'yeux que pour son bébé et ne voyait pas la forme sombre qui se leva du fauteuil derrière elle et dont les yeux jaunes flamboyaient comme ceux d'un chat. « Papa... », pensa Darius en attrapant un deuxième pied.

Puis la chambre miteuse disparut à son tour et, avec elle, la présence de Carmen. Darius se trouvait à présent dans les bras musclés de son père, tendant ses petites mains vers un démon qui le regardait avec un mélange de peur et de mépris.

— Alors ? Tu ne dis rien ? Je te présente ton petit-fils et tu ne réagis pas ?! s'énerva soudain Octavius.

Darius reconnut alors son grand-père Faustus qu'il n'avait jamais vu aussi jeune et fringuant. Lorsqu'il répondit, la voix de stentor de ce dernier résonna dans tout le grand hall du manoir Gore :

— Qu'est-ce que je suis censé te dire exactement quand tu débarques avec ton fils sous le bras et que tu m'expliques tranquillement que sa mère est une humaine ? Bravo ! Félicitations, Octavius ! À peine Lucifer parti, tu es arrivé à briser l'interdit numéro un des Enfers, nous condamnant toi et toute ta famille par la même occasion à la torture et au déshonneur !

Darius fut alors déposé par son père sur un tapis devant la vaste cheminée. Là, il observa deux vipères qui se réchauffaient devant le feu et il les saisit pour jouer avec elles.

— Ce qui est fait est fait, Père, répliqua Octavius d'un ton raisonnable. Personne n'est obligé de le savoir. Il nous suffit juste de cacher l'origine de Darius et...

— Tu l'as appelé Darius ?! le coupa alors le vieux démon que le prénom de son frère détruit par l'archange Michel adoucit quelques secondes. Mais tu ne te rends pas compte ! s'échauffa-t-il finalement de plus belle. Tu seras obligé de mentir à ton fils et le mensonge ne tient jamais très longtemps en Enfer ! N'importe quel nobliau sentira ta grossière supercherie ! En te compromettant avec une mortelle, tu as jeté ton avenir et la dignité de ton rang aux orties ! Je ne veux plus te revoir ici ! Et que quelqu'un éteigne cette cheminée, pour l'amour de Satan, il fait plus chaud que dans le Fleuve de Feu !

Darius, qui tenait les deux serpents par le cou et s'amusait à essayer de leur toucher la langue, hurla alors pour défendre son père dont les épaules affaissées trahissaient une grande tristesse.

Puis le visage cramoisi de son grand-père s'évanouit et le manoir du Cercle de l'Orgueil laissa la place à l'appartement de Pandémonium. Darius n'était plus un bébé et il tenait solidement sur ses deux petites jambes. Il courait même, et sautait sur tous les meubles qui avaient l'audace de croiser son chemin. Assis à la grande table de granit qu'il avait toujours connue se tenaient son père et Lavinius. Ce dernier, drapé dans son uniforme d'apparat, venait d'être nommé général des armées des Enfers et rayonnait de l'éclat sombre de la gloire. Octavius, très amaigri, observait son frère avec amertume.

— Je regrette seulement de n'avoir pas été adoubé de la main de Lucifer, fanfaronna Lavinius. Mais ce n'est pas grave ! Tu te rends compte que j'aurai plus de 50 000 légions sous mon commandement... Dire que tu aurais pu être à ma place, continua-t-il après une hésitation en désignant Darius. Si seulement tu n'avais pas gardé cette abomination. Si tu t'étais abstenu de baiser cette p...

Octavius se leva alors d'un bond, renversant sa lourde chaise de pierre.

— Je t'interdis de parler d'eux en ces termes ! Aujourd'hui, tu es peut-être un général des Enfers mais pour moi tu restes le petit trou du cul qui se planquait derrière moi au moindre problème ! J'aimais sa mère et je suis fier de mon fils ! La prochaine fois que tu te sens l'envie de me donner ton point de vue, je t'arrache la langue !

Les cœurs de Darius explosèrent presque dans sa petite poitrine. Ainsi son père l'aimait. Comment avait-il pu l'oublier ?

— Excuse-moi... bredouilla Lavinius en prenant congé. J'ai un peu trop bu après la cérémonie... Je ne voulais pas dire ça.

— Tu pensais chacun de tes mots, répliqua froidement son père avant de mettre Lavinius dehors et d'aller s'acheter pour la première fois une amphore d'alcool de fées.

Tout s'effaça à nouveau et Darius, mâchouillant un vieil os de ses toutes petites dents, se tenait maintenant dans une grande salle noire dans laquelle l'odeur du fairysky était si forte qu'elle lui brûlait les yeux. Seul un feu crépitait doucement dans l'âtre et éclairait son père qui s'y réchauffait les mains. Il venait de pleurer à chaudes larmes son amour disparu, son avenir gâché, sa solitude et son fils, qui représentait à la fois tous ses espoirs et toute sa honte. La fragilité de ce père qu'il croyait si dur bouleversa alors Darius jusqu'au fond de son être. Évitant les éclats de verre des amphores brisées, il trottina pieds nus vers ce géant qu'il voulait serrer très fort et guérir par le baume de son amour. Il se jeta dans ses bras un peu trop froids. Une odeur étrange se dégageait de celui-ci et Darius se sentit soudainement en danger. Quelque chose clochait mais il ne savait pas trop quoi. Le regard vide de son père, peut-être, ou alors les taches de sang séché qui maculaient son pardessus à la place de ses cœurs... Le jeune démon se souvint alors de tout. De Croatoan. De la mort des frères Gore. D'un mouvement vif, il se dégagea de l'étreinte paternelle et évita de justesse la lame d'une dague luisante de poison. Octavius, l'œil toujours aussi terne, se leva pour frapper une seconde fois et, derrière la carcasse maladroite, Darius reconnut l'ombre du Maître des Coquilles Vides qui croyait avoir endormi sa vigilance en le berçant de nostalgie. La haine explosa en lui si subitement qu'il faillit lâcher le Glaive Écarlate apparu entre ses mains. Il ne paraissait pourtant ni trop gros, ni trop lourd et s'adaptait parfaitement à sa morphologie. D'un geste ample, sans le moindre remords, il frappa son père et, à travers ce dernier, la main de Croatoan. Comme un mauvais rêve, l'illusion disparut instantanément : il était de retour au palais royal, son corps d'adolescent tremblant devant l'enveloppe de son géniteur écroulée sur le sol. Une jambe coupée à hauteur de l'aine, le Comte rampait sans but en bavant sur le dallage de marbre : le Grand Prêtre n'était plus en lui. Serrant toujours le Glaive Écarlate, Darius le brandit à nouveau en entendant un faible grognement dans son dos, puis le baissa aussitôt : autour de lui, dans la pénombre, ses amis reprenaient, eux aussi, douloureusement connaissance.

44

Golgotas se rua sur Darius en enserrant sa nuque d'une de ses grosses mains.

— T'étais où espèce d'enfoiré ? demanda-t-il en riant. On avait peur de plus jamais te revoir ! C'est bien simple, je crois que Zorg a même pleuré.

Le zombie, qui souriait à Darius, tendit son majeur vers Le Gol qui continua :

— Si tu savais d'où on vient et qui on a réussi à vaincre, tu ne nous croirais pas ! Nos amis humains ont fait preuve d'un sacré coura...

Il s'interrompit en apercevant Octavius qui rampait toujours sur le sol.

— Tu as affronté ton père ?

— C'est vraiment ton... ? demanda alors Judith en posant timidement sa main sur le bras de Darius.

— Pas vraiment, répondit le jeune démon. Seulement une petite partie de son essence. Elle rejoindra et complétera mon père quand on aura détruit Croatoan... Monsieur le Duc, si vous reconnaissez cet endroit, conduisez-nous à la salle du trône !

Halicarnas Sanguinante, qui voyait pour la première fois le légendaire Glaive Écarlate, ne se fit pas prier. Ce dernier pulsait littéralement dans la main du jeune Gore qui vibrait lui aussi de puissance contenue. Le Duc réalisa alors que le légitime successeur de Lucifer devait réellement se tenir là, à ses côtés.

— Je croyais que tu étais le fils d'Octavius, bredouilla Halicarnas tandis qu'il les menait à travers de larges corridors totalement désertés.

— Mais c'est le cas, souffla Darius en accélérant encore le pas.

Ce n'était pas le moment de se justifier, il avait juste hâte de se retrouver une dernière fois face à Croatoan.

Ils passèrent alors un grand hall lugubre plein de lourdes tables de bois autour desquelles étaient disposés des bancs. Des bocks de terre cuite, des assiettes en fer dans lesquelles se déployaient des cohortes de mouches vertes étaient répartis un peu partout. Le silence de mort qui régnait dans ce vaste espace n'était troublé que par le vrombissement des insectes.

— Le réfectoire de la garde, commenta alors le Duc. Les armées de Croatoan n'ont pas besoin de manger, ajouta-t-il comme pour s'excuser du manque d'ambiance. La salle du trône est juste après...

Au bout de l'alignement des tables, Halicarnas s'arrêta devant une simple porte de bois cloutée d'acier.

— Voilà, commença-t-il, nerveux, Croatoan est derrière...

— Oui... Je le sens, répondit Darius en fronçant les sourcils. Il nous attend.

Il se tourna vers ses amis, son regard s'attardant sur Judith qui, les cheveux collés au front, serrait bravement le manche de son arme.

— Vous êtes prêts ?
— Allons-y ! déclara alors Golgotas en poussant la porte d'un brusque coup d'épaule.

Le battant s'ouvrit violemment et claqua contre le mur avec un grand « BLANG ! » qui résonna dans chaque âtre et sur chaque colonne de la salle du trône. Cette dernière était aussi vide que le réfectoire. Seul le Maître des Coquilles Vides les regardait approcher en souriant, affalé sur son siège, la Couronne de Fer barrant son front trop pâle.
— Eh bien ! Quelle discrétion ! ricana-t-il en se frottant les mains. Vous voulez m'éliminer ? Très bien ! Approchez donc !

Darius jeta un coup d'œil à Zorg. C'était un piège, bien sûr, mais avaient-ils le choix ?

Lorsqu'ils arrivèrent au centre de la pièce, Croatoan se leva et claqua une langue blanche comme un axolotl.
— Ah, mon jeune Darius ! Tu penses que je te tends un nouveau piège et tu as bien raison. J'ai essayé de faire ça en douceur tout à l'heure en t'envoyant la chère dépouille de ton père mais tu n'as rien voulu savoir... Maintenant, moi aussi, je vais abandonner la subtilité et employer la manière forte !

À ces mots, toutes les portes entourant la salle du trône s'ouvrirent à la volée, laissant entrer des phalanges entières de morts-démons qui encerclèrent complètement Darius et ses amis. Des milliers de soldats mus par la volonté unique de Croatoan s'apprêtaient à leur bondir dessus.
— On est dead de chez dead, commenta Vladimir qui serrait sa kalachnikov dorée.

— Darius… ? Qu'est-ce qu'on fait, là ? gémit Judith en se rapprochant du jeune démon.

Mais ce dernier n'écoutait pas et tentait de rassembler son pouvoir en lui-même, de contrôler ce flux sauvage d'énergie brute. Son poing tétanisé sur la poignée du Glaive vibrait littéralement de puissance et la lame écarlate émettait quant à elle une pulsation grave qui évoqua à Vladimir les notes les plus basses d'une musique électro. Au moment où Croatoan ordonna à ses troupes d'attaquer, Golgotas, qui s'attendait à être submergé par le nombre, vit l'armée du Grand Prêtre se mettre à reculer !

— Mais, qu'est-ce qui… commença-t-il, interloqué, avant de regarder Darius.

Son cousin tenait maintenant au-dessus de sa tête le Glaive Écarlate qui émettait un champ de force tout autour de lui, gagnant en intensité et repoussant les guerriers de Croatoan. Celui-ci ne rigolait d'ailleurs plus du tout et appelait l'homme-mille-pattes de ses cris perçants :

— Réveille tes enfants, Scutigera ! Dépêche-toi, réveille-les tous !

Darius, complétement à bout et le genou à terre, brandissait toujours son Glaive même si les muscles de ses bras commençaient à craquer sous sa peau. À présent, l'étrange champ de force, qui s'était étendu jusqu'à Croatoan, l'engloba soudain. Comme une gigantesque cloche à fromage, il l'isolait totalement de ses hordes de mort-démons.

— C'est maintenant ou jamais, rugit alors le jeune démon qui sentait les os de ses bras se fissurer… Zorg ! Je ne tiendrai plus très longtemps.

Ce fut le moment que choisirent les nombreux enfants de Scutigera pour s'échapper des grilles de ventilation situées sous les pieds de Golgotas. Des centaines de minuscules mille-pattes se ruèrent vers Vladimir et Judith.

— Ne les laissez pas vous toucher ! Protégez Darius ! leur hurla Zorg qui joignit le geste à la parole en écrabouillant une dizaine de myriapodes d'une sandale vengeresse.

Vladimir, qui détestait toutes les bestioles rampantes, tirait déjà comme un malade dans la masse mouvante des arthropodes.

— Je ne sais pas si j'ai choisi la meilleure arme pour ce job, se plaignit-il en changeant de chargeur. J'aurais dû prendre la tapette à mouches de Staline ou le Baygon Vert de Pol Pot !

Judith, elle, avait été mieux inspirée et ses violents coups de fléau autour de Darius ravageaient les rangs de Scutigera.

— Zorg ! Halicarnas ! avec moi, mugit alors Golgotas en se ruant sur Croatoan.

Ce dernier, d'un perfide coup de poignard, lui entailla profondément le bras mais Le Gol méprisa la douleur et, après un rapide mouvement d'évitement, se plaça derrière le Grand Prêtre pour le retenir solidement. Avec le prompt soutien du Duc, Golgotas finit même par l'immobiliser totalement.

— Maintenant Zorg ! ordonna Darius d'une voix d'outre-tombe. Maintenant !

Le zombie, évitant les humains qui protégeaient Darius, s'élança dans toute son agaçante lenteur pour rejoindre Golgotas, la faux brillant entre ses mains. Le Maître des Coquilles Vides le regarda s'approcher avec mépris mais redoubla néanmoins d'efforts pour échapper à l'étreinte du Gol et d'Halicarnas qui luttaient visiblement.

— Vous êtes ridicules ! La Mort ne s'intéresse pas aux immortels ! Que comptes-tu faire avec cet instrument grotesque ?

— La Mort, peut-être pas, mais moi, si ! répliqua Zorg en abattant la lame bleutée dans le thorax de Croatoan.

Cette dernière s'enfonça rapidement et, reconnaissant son serviteur, avala goulument l'essence du Maître des Coquille Vide...

... qui s'affaissa comme un pantin désarticulé, lançant un dernier regard à Darius dans lequel se mêlaient l'incrédulité et la rage. Le jeune démon y lut aussi une grande peur et celle-ci fut la revanche du lycéen de Notre-Dame de la Tentation de la Place de la Discorde, de son père aussi, ainsi que de toutes celles et ceux que Croatoan avait terrorisés et massacrés durant son bref règne. Puis, dans un immense soupir, les morts et les esclaves, sur Terre comme en Enfer, retournèrent enfin à la poussière...

ÉPILOGUE 1

Les grandes portes d'argent du Conseil des Anges venaient de se refermer derrière Gabriel qui se détendit enfin et se permit même un soupir satisfait. Il l'avait joué serré mais c'était un succès : Croatoan avait été éliminé, l'Univers avait retrouvé son équilibre initial et la Grande Bataille du Bien contre le Mal avait été pour le moment écartée. Subsistait le problème de Darius qui portait toujours en lui les germes de la destruction et nécessitait donc une surveillance permanente : un jour ou l'autre, sa vraie nature remonterait à la surface pour l'Armageddon. L'occasion était trop belle pour Gabriel qui s'était évidemment porté volontaire pour rester sur Terre jouer les chaperons et – ô joie ! – le Conseil avait accepté. L'archange, tout sourire, quitta le Hall des Innocents pour prendre le grand escalier de porcelaine qui descendait vers le portail principal. Autour de celui-ci un groupe de séraphins et d'âmes en armure de bataille le saluèrent avec respect. Absorbé par ses pensées, il passa devant eux sans un regard et entra dans le cercle lumineux...

... La terne lumière du jour remplaça soudain la flamme éternelle. Pour des raisons de style plus que d'anonymat, il mit ses lunettes de soleil en sortant de la petite église transformée en skate-park. Devant le grillage rouillé l'attendait une grosse Cadillac Escalade noire. C'était la voiture d'une star du rap plutôt que celle d'un chef d'entreprise mais il assumait son côté « bling bling ». La portière s'ouvrit en silence et un jeune homme d'une grande beauté et légèrement maquillé sortit du SUV avec empressement.

— Bonjour Monsieur ! Tout s'est bien passé, j'espère ?

Gabriel, sans daigner répondre, s'installa dans le confortable habitacle. Sa secrétaire l'attendait, bas résille le long de ses interminables jambes et verre de whisky à la main. Elle lui sourit d'un air entendu en lui tendant le single malt écossais. À côté d'elle, deux autres jeunes personnes presque dévêtues, un homme et une femme, s'embrassaient passionnément. Il les observa quelques secondes avant de décider qu'il les garderait pour plus tard. La portière se referma alors sur l'éphèbe qui attendait toujours une réponse et l'archange fit signe au chauffeur de démarrer. Il prit une gorgée d'alcool et, regardant la ville qui défilait, repensa au Conseil des Anges qu'il avait fait plier à sa volonté. Non seulement ses frères lui laissaient les coudées franches mais ils lui avaient quasiment remis les clefs de la Terre.

— Oui... murmura-t-il en vidant son verre, nous allons bâtir un empire...

Lilith s'approcha du trône et se prosterna devant le nouveau seigneur des Enfers de façon que ce dernier remarque bien son pigeonnant décolleté. Presque tout ce qui restait de la noblesse après le passage de Croatoan se pressait à présent autour du monarque infernal qui se permit de lancer un clin d'œil entendu à la jeune démone qui rougit aussitôt. « Pas très protocolaire mais charmant », pensa-t-elle en se relevant. Dans son dos, elle sentait la sombre présence de son père qui la regardait avec mauvaise humeur. Il avait encore du mal à avaler le coup de l'armadragon mais ne pouvait que la féliciter, même si c'était de mauvaise grâce... En attendant, il s'était mis en tête d'honorer de vieilles promesses et de l'unir à Darius Gore. Pour lui, même si Golgotas portait aujourd'hui la Couronne de Fer, ce dernier n'était souverain que par intérim. Il était persuadé qu'un jour, Darius reviendrait en Enfer, le Glaive Écarlate à la main, pour reprendre son héritage et ce jour-là, une Sanguinante devait être à ses côtés ! Son père était loin d'être le seul à le penser. On racontait même que le prince Belzébuth, qui aujourd'hui brillait par son absence, était revenu à Pandémonium quelques jours plus tôt et qu'il ne reconnaissait pas Golgotas comme roi des Enfers. Il paraissait même que Scutigera était vivant et qu'il s'était placé sous sa protection ! « Pauvre Golgotas ! songea-t-elle en regardant le colossal démon qui semblait maintenant si jeune dans la salle du trône. Tu auras vraiment besoin de moi. La moitié des démons qui te saluent à présent appartiennent déjà au Seigneur des Mouches... ».

Gabriel venait de passer devant eux sans répondre à leur salut et Carmen sentit encore cette impression désagréable de froid qu'il lui donnait à chaque fois qu'elle le croisait. Quelque chose ne tournait pas rond chez lui et elle s'étonnait que Michel, et surtout Raphaël, ne se rendent compte de rien. Soudain, le vortex du portail principal se mit en marche devant l'archange et elle réalisa que celui-ci partait en mission sur Terre. L'espace d'un instant, elle faillit se précipiter à sa suite mais parvint heureusement à se contrôler. En effet, même si la guerre n'avait pas éclaté, ils étaient tous cantonnés au Ciel jusqu'à nouvel ordre et elle avait intérêt à obtempérer. De toute manière, les portails étaient bien trop surveillés en ce moment pour tenter quoi que ce soit. Les choses finiraient bien par se tasser et elle pourrait bientôt plus discrètement désobéir. Rien ne l'empêcherait d'aller voir ce fils qui avait sauvé le Monde...

Allongé sur le canapé pourri de Vladimir, Darius éteignit l'ordinateur en bâillant. Par la fenêtre au carreau toujours cassé, une petite brise caressa son visage. Il se sentit en paix, sûr que son abdication au profit de son cousin avait été la bonne décision. Il se releva en grognant, encore tout groggy de son après-midi glandouille. Il venait de terminer son marathon *Seigneur des Anneaux* et il commençait à avoir une petite faim. Comme le frigo était toujours vide, il enfila ses grosses bottes, enfonça sa casquette de trucker et sortit de la maison. Il jeta un œil à sa montre : les cours allaient bientôt se terminer mais il avait le temps de se prendre un petit truc à grignoter avant de rejoindre les autres. Zorg, lui, était à la médiathèque, qu'il squattait assidûment malgré les regards de moins en moins amicaux du responsable. C'était en effet plus difficile pour le zombie de passer inaperçu et, malgré le maquillage, les fringues couvrantes, le masque sur le nez et la tonne de désodorisant, on prenait Zorg au mieux pour un clodo, au pire pour ce qu'il était : un mort-vivant. Le jeune démon acheta un sandwich aux falafels (comme son ami, il avait de plus en plus de mal à manger de la viande et devenait petit à petit végétarien) et alla s'asseoir devant le lycée. Il s'adossa au mur et ferma les yeux : la rue était calme, le soleil réchauffait son visage, les oiseaux chantaient, tout semblait tranquille malgré les stigmates de l'apocalypse manquée. Pourtant, la vie, aux dires de Judith, ne redeviendrait plus jamais comme avant et tous ceux qui avaient survécu à ces quelques heures de cauchemar avaient encore la peur nouée au ventre. Même si les morts étaient retournés dans leur tombe, le traumatisme, lui, était réel... La sonnerie marquant la fin des cours retentit enfin et Charlie, Damien, puis Vladimir et Judith le rejoignirent. Comme tous les jours, ils allèrent s'asseoir à la terrasse d'un petit café pour attendre Zorg. Parfois, Vlad se foutait de leur gueule en les comparant à des petits vieux accrochés à leurs habitudes mais, depuis l'apocalypse ratée, une bonne dose de routine était ce dont ils avaient vraiment besoin. Quelques minutes plus tard, le zombie arriva, aussi couvert qu'une Saoudienne, et s'installa en balançant un journal sur la table, manquant renverser une tasse ou deux.

— J'avais raison de supputer que cet ange était douteux, déclara-t-il en pointant un doigt ganté vers la première page des *Nouvelles de l'Infra-Monde*.

— Ils ont ça maintenant à la médiathèque ? s'écria Vladimir en attrapant le quotidien. Les choses ont vraiment changé !

— Comme il est écrit en dessous du titre, reprit alors Damien, c'est « le premier journal à avoir prédit l'attaque des morts-vivants » ! On peut pas leur enlever ça !

— Qu'est-ce qu'ils racontent, alors ? demanda Darius, vaguement intéressé.

— Regardez cette photographie ! Vous reconnaissez Gabriel ? répondit Zorg en arrachant la page des mains de Vladimir. Il est présenté comme un puissant homme d'affaires russe qui est en train de racheter toutes les plus grosses compagnies pharmaceutiques du continent. Toute la presse en parle aujourd'hui ! Les *Nouvelles de l'Infra-Monde*, elles, ajoutent que lui et ses sbires sont en train de créer un nouveau type de drogue pour asservir l'humanité !

— Comme d'habitude, du grand journalisme pas du tout catastrophiste, rigola Damien en commandant une nouvelle bière.

— De toute manière, info ou intox, sourit Judith en contemplant l'ambre au fond des yeux de Darius, maintenant nous ne sommes plus seuls…

ÉPILOGUE 2

Dans sa chambre, Charlie tenait fermement la planche mais cette dernière vibrait de plus en plus fortement. Autour de la table, toutes les bougies s'étaient éteintes puis rallumées et Damien serrait les fesses.

— C'était une mauvaise idée de ne pas en parler à Darius !

Il préféra ne pas en dire davantage mais les deux amis pensaient à la même chose. Ils pouvaient tomber sur le mauvais esprit…

— Trop tard pour se dégonfler ! lança Charlie qui ne lâchait pas le Ouija. Esprit, qui es-tu ?

La goutte se mit alors à bouger et la jeune fille laissa échapper un petit cri de joie :

« S…E…B ».

ÉPILOGUE 3

La serveuse venait de débarrasser la table et Lucifer avait hâte de se remettre en route. Au moins, les motos devaient avoir refroidi un peu et le burger était, comme la pub l'annonçait, *Arizona's Best*, avec en plus petit : *And If you disagree, just go to hell !* Accrochée au-dessus de la caisse, une télé montrait sans discontinuer des scènes de panique vieilles de quelques jours. En bas de l'écran, un bandeau demandait « A-t-on échappé au pire ? ». Bonne question, pensa Lucifer en matérialisant un bon pourboire. En tout cas, c'était vraiment surprenant que tout ce petit bazar se soit arrangé sans lui et… Ah, quand on parlait du loup, le voilà enfin qui sortait des toilettes et, comme d'habitude, il ne pouvait pas s'empêcher de rayonner. Tout le monde, clients et employés, était déjà tourné vers lui ! Quel boulet, s'il n'intervenait pas vite, il allait y avoir des prières, des miracles, des faux et des vrais prophètes et des enquêtes du Vatican ! Lucifer se précipita pour tendre à Dieu son casque intégral.

— Tiens ! On va éviter que ça dégénère !

DÉCOUVREZ LES AUTRES PUBLICATIONS
100 % ÉMOTION DE SLALOM

Un roman fantastique de haute volée qui vous plonge dans les ténèbres de la Ville Lumière.

#Paris
#MondeParallèle
#Pouvoirs

Sur les traces de son grand-oncle Théobald, Léo, 17 ans, s'égare dans les catacombes et bascule dans le Périmonde, une réplique négative de Paris. Auréolé d'un soleil noir, ce lieu hors du temps est gouverné par des clans aux pouvoirs surnaturels. Léo n'a d'autre choix que de les affronter lors de la Chasse Sauvage, une épreuve de survie où tous les coups sont permis. Heureusement, l'énigmatique Alma est là pour l'aider... Mais peut-il vraiment lui faire confiance ?

Humour et cruauté sont au rendez-vous dans ce roman glaçant, totalement addictif !

#Horreur
#Destin
#Harcèlement

La veille d'un séjour scolaire à Londres, Félix décide d'écrire un texte dans lequel il sacrifie les élèves qui lui font vivre un enfer au lycée. Chacun a droit à un traitement spécial, en rapport avec le harcèlement subi. Un bon exutoire ! Sauf que la journée du lendemain commence exactement comme dans son histoire... Et si le hasard décidait de tuer ses camarades les uns après les autres comme Félix l'avait écrit ?

Un thriller intense, mené par un jeune flic et un ado surdoué plongés au cœur d'une enquête pour meurtre.

#Policier
#Enquête
#Mensonges

Garvie Smith a 16 ans, il est séduisant et possède un QI hors du commun. Ivre d'ennui, hermétique aux émotions et à toute forme d'autorité, il passe son temps à fumer et à étudier les nombres complexes. Le jour où son ex-petite amie est assassinée, rien ne peut le dissuader d'enquêter, ni le désespoir de sa mère ni les avertissements de l'inspecteur Singh. Force est de constater qu'il est très doué… pour déterrer les secrets comme pour s'attirer des ennuis !